CÉLÉBRITÉS D'AUJOURD'HUI

Camille Lemonnier

PAR

LÉON BAZALGETTE

BIOGRAPHIE PRÉCÉDÉE D'UN PORTRAIT-FRONTISPICE
ILLUSTRÉE DE DIVERS DESSINS ET D'UN AUTOGRAPHE
SUIVIE D'OPINIONS ET D'UNE BIBLIOGRAPHIE
ORNEMENTS TYPOGRAPHIQUES D'ORAZI

PARIS
BIBLIOTHÈQUE INTERNATIONALE D'ÉDITION
E. SANSOT & Cie, Éditeurs
9, RUE DES BEAUX-ARTS, 9

1904

CAMILLE LEMONNIER

CAMILLE LEMONNIER

d'après un portrait à l'huile d'Émile Claus

LES CÉLÉBRITÉS D'AUJOURD'HUI

Camille Lemonnier

PAR

LÉON BAZALGETTE

BIOGRAPHIE PRÉCÉDÉE D'UN PORTRAIT-FRONTISPICE
ILLUSTRÉE DE DIVERS PORTRAITS, DE DESSINS ET D'UN AUTOGRAPHE
SUIVIE D'OPINIONS
DE DOCUMENTS ET D'UNE BIBLIOGRAPHIE
ORNEMENTS TYPOGRAPHIQUES D'ORAZI

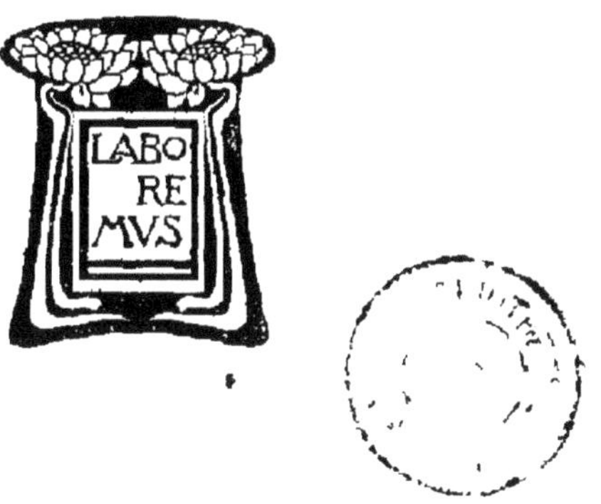

PARIS
BIBLIOTHÈQUE INTERNATIONALE D'ÉDITION
E. SANSOT et Cie Éditeurs
9, RUE DES BEAUX-ARTS, 9

1904

Camille Lemonnier

Il est impossible d'apparaître plus intégralement l'homme de son œuvre que ne l'est Camille Lemonnier.

Regardez l'homme. De stature imposante, largement râblé, de puissante encolure, l'être physique tout entier respire la force et la sensualité. Une santé copieuse émane de cet organisme où la nature s'est montrée prodigue. Le visage est surtout révélateur. La tête est massive, la chevelure d'un blond ardent, la carnation révélatrice d'un sang riche, les sourcils épais. Le cou, le front, les narines — point caractéristique de son visage, mobiles, sans cesse éveillées, aspirantes, avides — et les yeux, surtout en un certain roulement des prunelles qui lui est familier, concourent à déterminer l'expression de grande animalité humaine de sa physionomie. Au repos son visage, empreint de cette gravité, de ce profond sérieux si frappant parmi les faunes, — qui semblent ainsi refléter la gravité de la nature ignorante des facéties, des tics dérisoires et des grimaces décadentes où se complaît *l'humanité, — évoque la noblesse farouche et la force insondable du taureau. En prolongeant l'examen de la face, c'est dans l'œil gris clair que vous apparaît l'expression intensément humaine de l'individu, lorsqu'il se fixe sur vous à travers le binocle et que peu à peu s'en dégage tout un monde de tendresse, de sensibilité, de pénétration. Le contact de l'homme est chaud, reconfortant ; on se sent, à l'approcher, près d'un ardent foyer de vie. Il est donc, au point de vue corporel, un organisme d'élite, un être aux puissantes assises physiques, à l'égal d'un Bjœrnson ou d'un Roosevelt. A la veille de la soixantaine, il présente l'aspect d'un homme en pleine force, sans aucune marque de déchéance physique.*

Considérez l'œuvre maintenant. Elle est avant tout surabondante de vie, lourde de sève et de nature, touffue, débordante, excessive. Un tempérament d'une violence instinctive et sauvage, ignorant des spiritualismes coutumiers, s'y dénonce. A cette brutalité splendide fait contrepoids une tendresse singulièrement pénétrante et subtile. L'œuvre entier offre cette combinaison de force rude et de douceur enfantine. Ce sont là, en somme, les qualités du barbare, du grand enfant roux, terrible et timide, des primitives civilisations aryennes. Lemonnier s'en témoigne ainsi le survivant. Jugez par là combien sa figure s'enlève en violent contraste sur le fond commun d'anémie et de neurasthénie, si particulier à notre âge et à notre monde. C'est en vertu de cette primitivité qui est en lui que son être moral répand un arome vital si fortifiant. C'est une conscience qui fleure bon et mâle.

Camille Lemonnier naquit le 24 mars 1844, à Ixelles (commune de Bruxelles). Il sort de la bourgeoisie. Son père était l'avocat Louis Lemonnier, de Louvain ; sa mère (qu'il perdit à deux ans), Marie Panneels, d'Ixelles. Bien que ces noms semblent déceler la double origine, wallonne et flamande de l'écrivain, il paraît que son père était, comme sa mère, d'ascendance flamande. De plus sa bisaïeule paternelle était italienne.

Quoi qu'il en soit, il porte bien en lui les deux âmes constitutives de la Belgique, dont le Brabant opère la fusion. Lemonnier est un Belge, c'est-à-dire une combinaison de Flamand et de Wallon, ou plutôt une synthese gallo-germaine. Mais à considérer son type et son tempérament, il est bien evident que l'ascendance flamande a été prépondérante chez lui. La lignée maternelle se dénonce la force déterminante de sa nature. Dans un cas presque analogue, son ancêtre intellectuel, Charles de Coster, un Flamand-Wallon, avait chanté la Flandre en français. C'est le réalisme, caracteristique des Flandres, qui est la dominante de Lemonnier, en dépit des autres aspects de sa riche et multiple personnalite. Tout en étant le Gallo-Germain qu'a nettement caractérisé son compatriote Edmond Picard, l'etre profond chez lui, l'être instinctif et originel se prouve septentrional, quelque indéniable influence littéraire qu'ait eue sur sa jeune individualité la pensée latine. C'est cette prédominance en lui de l'esprit du Nord qui lui constitue, dans les lettres françaises, sa grande originalite. Camille Lemonnier est un septentrional, qui a communié aux formes latines, mais qui demeure un septentrional foncièrement.

Celte origine double, ce fait d'être une synthèse donnent la clef de son œuvre. Ils expliquent les deux tendances qui, tout le long de celle-ci, s'entrelacent, se superposent ou se marquent parallèles : d'une part, son attirance vers les matérialités — instinct flamand, — son inquiétude du mystère — sentiment wallon, d'autre part. Il est également redevable à cette double origine des deux sentiments qui sont au fond de sa nature, en inégale proportion, puisque le premier l'a emporté ; la ferme, massive et joyeuse assurance qui, en dépit des contradictions et des heurts, le fait tracer, d'une main puissante, le sillon de son œuvre, et le tourment de l'inédit, les longues recherches, les brusques variations qui ont marqué son art.

Son existence ne comporte pas d'incidents. Elle s'est écoulée calme extérieurement, concentrée, toute de labeur acharné, de passion pour l'art, pour la nature et pour la vie. Ses œuvres seules en marquent les étapes. Sa biographie tiendrait en une ligne : il a vécu, il a œuvré intensément.

Les années passées à l'Athénée de Bruxelles le prouvèrent un écolier plutôt médiocre. Pour ce jeune gars trapu, farouche, frémissant, qui adorait les bêtes, la solitude, les fuites sous bois, en son instinct naissant d'une vie de liberté et d'enthousiasme, déjà passionné de littérature (1), *les*

(1) Nous détachons du livre de M. Louis Delmer, *l'Art en Cours d'assises*, cette anecdote d'enfance .

« Un incident se produisit, lorsque le jeune Lemonnier se trouvait en troisième latine. Un matin qu'il se rendait à ses cours, il s'arrêta devant l'étalage du libraire Rozez, à Bruxelles, qui annonçait. comme venant de paraître, un volume dû à la plume du grand ecrivain français Charles Baudelaire. Un des exemplaires etait ouvert de maniere à permettre au public d'y lire une des poésies du Maître. Le soir, en revenant de classe Lemonnier s'arrêta de nouveau devant les vitrines de l'éditeur et, au bout de deux jours, il connaissait la poesie par cœur. Faisant des économies heroiques sur les trois sous quotidiens qu'on lui remettait pour son modeste déjeuner de midi, il parvint à reunir la somme nécessaire a l'acquisition du livre de Baudelaire. Ce livre, il l'apprit par cœur, entierement.

« A deux ans de là, Baudelaire, proscrit de France, vivant à Bruxelles d'une existence obscure et miserable, obtint, à titre d'aumône, une demande de conférence au *Cercle artistique et littéraire*. Ce fut un évènement pour le jeune rhétoricien d'apprendre qu il pourrait voir et entendre celui qu'il admirait, celui auquel allait son enthousiasme de neophyte des lettres, celui qui, indirectement, lui avait donné l'intuition de sa carrière. Baudelaire, serré dans une longue redingote noire, la gorge entouree d'un large foulard de même couleur, parlait de Théophile Gautier devant un auditoire de vingt curieux tout au plus. Dans la froideur de cette salle presque déserte, Baudelaire, ne voyant personne, — seul devant l'immensité de l'enthousiasme qu'il avait pour le grand et suave poète français, son maître, —

« humanités » se témoignaient sans chaleur et sans vie. Son père le voulait avocat comme lui-même. Il dut suivre les cours de droit à l'Université. Etant étudiant, il fit la connaissance de Charles de Coster, à la suite, dit-on, d'un virulent article — le premier article de Lemonnier — publié dans un journal de théâtres; et cette providentielle rencontre semble établir la filiation du futur romancier à l'auteur d'Ulenspiegel, *dont il devait prononcer l'oraison funèbre en accolant à son nom l'épithète, alors insolite, de génie. Ce fut alors, semble-t-il, pendant ces années d'adolescence ardente, que commença à s'élucider le sens de sa vie et que la germination lentement s'élabora. Devant l'insuccès persistant des études juridiques de son fils, l'avocat Lemonnier dut renoncer à ses espérances et le faire admettre, à 19 ans, comme scribe au gouvernement provincial de Bruxelles. C'est parmi les paperasses et les cartons verts d'un bureau qu'il écrivit ses deux premiers* Salons, *pour la publication desquels, dit-on, un brave homme de notaire consentit l'avance de fonds nécessaire. A 22 ans, le gratte-papier récalcitrant s'évadait. Réprimandé pour son manque de zèle et d'exactitude, il répliquait en apportant pompeusement à son chef hiérarchique, le gouverneur du Brabant, sa démission* (1).

A 25 ans, il perdit son père. Alors son destin se précisa. Il quitte Bruxelles et gagne le plein air auquel aspirent ses poumons. Il loue un château dans la montagne, non loin de Namur, et s'y installe. Ce fut là l'ivresse après les ténèbres de la vie urbaine, l'assouvissement d'un instinct

parla pendant deux heures avec le même emportement que celui qu'inspire un nombreux auditoire. Quand il eut terminé de très faibles et timides applaudissements se firent entendre de la part d'un des trois auditeurs qui restaient encore dans la salle ; ils étaient de Camille Lemonnier pâmé devant Baudelaire. »

(1) L'anecdote, fort amusante, a été contée par M Delmer (*loc. cit.*, p. 38).

longtemps contenu. Au château de Burnot, il mène une existence rurale et athlétique. Il savoure l'indépendance. Il s'éprouve mûre. Il aspire le paysage, la vie champêtre. Il prend contact avec la terre. Ce fut la grande révélation, la veillée d'armes avant l'assaut. Je cède la parole à l'un de ses biographes : « Né par erreur entre les murs d'une grande ville, Lemonnier retrouvait enfin sa vraie patrie. Ce fut pour lui une sorte d'initiation. Dans le petit espace de terrain qui s'étendait autour de sa maison rustique, il voyait réunis les charmes d'un beau fleuve, les délices âpres et rudes des bois. Il chassa, il pêcha, il braconna. Il vécut les émois de son Mâle *avant de songer à les écrire. Il s'enivra de nature, il en but, il en mangea jusqu'à satiété. Et quand, la bourse vide, il lui fallut songer à rentrer dans l'existence normale, il s'arracha à cette terre sauvage et splendide avec un désespoir dont l'amertume, aujourd'hui même, ne l'a pas quitté (1). » C'est parmi cette existence magnifique qu'il écrivit* Nos Flamands, *son premier livre. L'année suivante il accomplissait le pèlerinage de Sedan, d'où sortit son premier chef-d'œuvre.*

Sa vraie biographie c'est son œuvre, l'œuvre de ses quarante années de labeur. C'est en elle qu'il a versé les énergies de sa vie. C'est en formules d'art que sont inscrites les crises qu'il a traversées.

En cette œuvre touffue, complexe, on peut, sans trop d'arbitraire, envisager trois périodes. La première, où triomphe un art gras, opulent, outrancier, gonflé de sève, avant tout plastique, occupa sa jeunesse de 20 à 40 ans. La seconde, où dominent le souci d'une littérature autre et la curiosité chercheuse du psychologue, est le résultat de son âge mûr, de 40 à 50 ans. A partir de la cinquantaine, c'est un retour à l'instinct de la jeunesse, mais à un instinct qui, ayant

(1) Georges Rency, *Revue de Belgique*, 15 février 1903.

traversé toutes les expériences d'une vie, reparaît enrichi, fortifié, assoupli, élargi, contrôlé par une volonté sûre. époque magnifique de plénitude et de triomphale fécondité, où quelques-uns des plus beaux fruits de son art se sont épanouis et s'épanouissent encore sous nos yeux. C'est pour lui l'âge palingénésique.

Ceci peut donc schématiser le sens général de son effort d'art. La courbe de son œuvre relie le pantheïsme inconscient du début au panthéisme conscient d'aujourd'hui, à travers une période de psychologie et de recherches.

***

Lemonnier a débuté dans les lettres par de la critique d'art. Les premières sympathies passionnées de ce peintre de la plume sont allées d'instinct aux peintres de la palette. Par là il semble bien se rattacher à ses glorieux ancêtres, les peintres flamands, dont il réincarne en littérature l'âme abondante et chaude héritée d'eux. Il touche là sa vraie base, d'où bientôt il va s'élancer. Nous examinerons plus loin son œuvre d'écrivain d'art.

Vinrent ensuite les Croquis d'automne, *où cet instinctif païen et ce passionné de nature trahit la surabondance d'impressions qu'éveille en lui le spectacle des saisons. C'est par la forme surtout que ces proses intéressent. La langue y est d'une magnificence et d'un éclat qui, parmi les inexpériences fatales, trahissent le futur artisan prodigieux du verbe. Parmi les rares lecteurs de ces pages premières, l'étonnement fut profond. On crut presque à une gageure, en cette Béotie qu'était alors la Belgique, tellement cette langue d'art stupéfiait et scandalisait par ses insolites qualités picturales et plastiques.*

Son vrai livre de début, c'est le recueil intitulé Nos Flamands. *Je l'aime, ce livre, en dépit du sentimentalisme et du romantisme dont il ruisselle. J'adore l'audace, le bouillonnement, l'atmosphère de bataille, le pêle-mêle tumultueux, l'agressivité, la sincérité de ces pages de jeunesse. Une âme ardente s'y épanche en accents brûlants qui évoquent Michelet. Mœurs, art, littérature, vie sociale, le jeune et passionné réformateur embrasse tout cela. Le livre, qui est dédié « à la Jeunesse des Écoles et des Ateliers », porte cette épigraphe sonnant comme un cri de guerre : « Nous-mêmes ou périr ». C'est une virulente apostrophe au siècle veule et une objurgation à la race d'avoir à reconquérir sa personnalité. La page première s'illustre d'une invocation à Rubens, qui ainsi apparaît déjà comme le grand patron de l'écrivain. Notons aussi ce détail curieux : l'homme, qui par trois fois devait être poursuivi comme pornographe, débute par une diatribe enflammée contre le vice, négateur de l'amour, et par un appel à la pureté des mœurs que Rousseau aurait pu signer. Bien significatif m'apparaît ce livre de début où s'inscrit le thème et se condense le programme d'une vie. Je pourrais y relever le germe de plus d'une idée qui, dans les trente ans de vie postérieure, parvinrent à leur épanouissement. Et ceci me semble révéler une certaine rectitude de ligne en cette œuvre que les apparences seules dénoncent contradictoires.*

Survint la guerre franco-allemande. De l'ébranlement profond ressenti par l'écrivain nous possédons deux témoignages. Une brochure, parue sans nom d'auteur, où, dans un style grandiloquent à la Hugo, le cas de la France était ardemment plaidé. Paris-Berlin *eut un énorme succès (1). Ensuite son livre fameux des* Charniers, *qui fut sa première*

(1) « La presse, et puis la foule attribuèrent l'écrit à Victor Hugo, qui ne protesta point. » A. Mockel, *Mercure de France*, avril 1897.

maîtresse œuvre, largement lue d'ailleurs et partout traduite. Ces pages, écrites « presque dans le sang », tout auprès de la mort et des infernales épouvantes du carnage, de la déroute et de la douleur, ont gardé toute la splendide horreur que le spectacle de la guerre peut faire naître dans une âme d'humain. L'art de l'auteur, qui déjà s'y dénonce d'une surprenante maturité, y a distillé souverainement l'épouvante des tueries monstrueuses. Une immense douleur muette les traverse. Ce livre est doublement beau. Il est beau de sa définitive maîtrise d'art et de « l'horreur réfléchie de la guerre » qu'il trahit. « Je n'ai qu'une exécration, la guerre. Celle-là est indestructible en moi, comme mon âme et mon nom d'homme libre. » Cette phrase de l'œuvre en pourrait être l'épigraphe. Il est apparu d'ailleurs tellement évocatoire et suggestif, ce livre, — qui forme avec Bas les Armes *de Bertha de Suttner et la* Débâcle *de Zola comme le triptyque de l'horreur, — qu'on y songea un instant pour le prix Nobel.*

Ce sont ensuite des contes empruntés à la vie wallonne ou flamande, simples histoires, tendres et parfumées, qui prouvent combien l'art de Lemonnier s'enracine, dès ses débuts, dans le sol natal. Taine, qui les aimait, y salua l'aube d'une maîtrise et les prémisses d'un écrivain de race et de terroir dont le nom devait être associé désormais à Auerbach, Gogol et Thackeray. Tout ceci n'est, à vrai dire, que le prélude. Dans l'œuvre de Camille Lemonnier c'est le roman qui occupe la place d'honneur. Le roman est la colonne vertébrale de son art. Nous nous devons donc d'accorder au romancier la meilleure partie de cette étude.

Bien que publié dix ans plus tard, il faut considérer Thérèse Monique *comme son début dans le roman. Nous devons avouer que, quelque bien intentionné ou perspicace qu'on soit, il est difficile de présager, à travers le sentimentalisme un tantinet puéril et l'affabulation simplette ud livre, le futur maître. Le thème et l'écriture en sont également médiocres Je n'y reconnais de vraiment caractéristique qu'une certaine tendresse éparse, véritablement de bon aloi. Son véritable et significatif début dans le roman c'est* Un coin de village. *Cette savoureuse histoire paysanne, d'une saine et réelle humour, est vraiment sorti de son moi intime. Elle fleure délicieusement bon la terre. La langue en est simple, ferme et sûre, sans inutiles ornements. Un tel récit villageois, frais et verveux, aux allures de légende populaire en sa naïve intrigue et sa plaisante discrétion, c'est vraiment comme le sourire de bon accueil et de bon augure qui vous reçoit au seuil de l'œuvre.*

Deux ans de silence, et puis c'est l'œuvre maîtresse, l'œuvre retentissante, au titre comme symbolique, auquel son nom — un peu injustement pour l'ensemble de son effort, — allait demeurer attaché. Un Mâle, *tout le monde connaît ce titre, à défaut du livre lui-même, un livre devenu classique, aux éditions déjà nombreuses, l'un de ceux dont l'avenir est sûr.*

Après les essais de toutes nuances, cette somptueuse et splendide épopée forestière apparaît bien comme le chef-d'œuvre dressé, tel un phare, au seuil des grandes vies. Les amours d'un braconnier et d'une fille de ferme s'y déroulent en pleine nature, dans la forêt profonde, formant une évocation toute puissante de la jeunesse, de la liberté et de l'amour. Il y a là quelque chose d'éperdu et de frémissant, comme un instinct qui s'épanche, une frénétique passion de la nature et de la vie. Ceci fut dit : le Mâle, *c'est l'écrivain lui-même, ce livre est une autobiographie idéale, une confession lyrique. Cela est vrai assurément dans la mesure où toute œuvre, directement jaillie des sources de vie de son créateur, le représente. Cachaprès, le fauve aux primitifs et indomptables instincts, le magnifique animal humain, qui semble un produit direct de la forêt, est un frère de Siegfried. C'est l'une des personnalisations de l'humanité jeune, héroïque, instinctive, farouche, tendre, sensuelle et libre, supérieure aux lois et aux morales, et qui triomphe de toute l'ivresse de sa force. Ecrit dans le verger d'une ferme, ce poème exhale un arome de nature vraiment ensorceleur. D'inoubliables paysages de forêt s'en détachent : tel, par exemple, l'éveil de la sylve par quoi s'ouvre le livre et où l'on entend positivement courir des arpèges, l'enfance de Cachaprès dans les bois ou sa mort au fond du taillis, comme un cerf blessé. Il s'agit, répétons-le, d'un livre classique au sens d'éternité de ce mot, que l'avenir relira sans cesse, tant qu'un goût de nature et d'héroïsme demeurera au cœur de l'homme.*

Dans Un Mâle, *Lemonnier avait donné la mesure de son tempérament.* Le Mort, *qui paraît l'année suivante, révèle avant tout la perfection de son art. Les deux œuvres, non seulement parce qu'elles furent écrites coup sur coup, mais par l'opposition de leur esprit, forment comme un diptyque : toutes deux d'ailleurs entrées dans la gloire définitive.*

Le premier, c'est la joie de vivre ; le second, c'est la terreur de vivre. Deux ruraux, deux frères, pour un meurtre auquel les poussa la soif de l'or, ont leur vie ravagée par des tortures jusqu'à l'atroce dénouement qui les fait se ruer l'un contre l'autre comme des tigres. Il existe peu d'œuvres plus foncièrement tragiques, plus réellement chargées d'une électricité de terreur. Mais la merveille du roman c'est l'adaptation de la forme au sujet. La langue savoureuse, copieuse, embaumée du Mâle *y devient sobre, sévère. avec des phrases courtes, au relief de sentences définitives. Comme énergique concision, comme art d'écriture,* Le Mort *s'égale au plus beau chapitre de Flaubert. En cette lugubre histoire où s'immortalise un thème éternellement vrai d'humanité, l'ouvrier apporte la preuve définitive de son absolue maîtrise.*

Jusque-là Camille Lemonnier était demeuré, dans son effort d'art, un solitaire, pour la raison péremptoire qu'il n'existait pas, à proprement parler, d'écrivains belges, depuis la mort d'Octave Pirmez et de Charles de Coster. Il était, selon ses propres paroles, « perdu au désert, avec une voix qui voulait se faire entendre et n'était point entendue, avec un cœur qui s'était mesuré à la force de ses battements et qui battait dans le vide ». Parmi les peintres seuls il avait noué des amitiés puissantes. Une circonstance vint prouver qu'au cours des années dernières, peu à peu des disciples et des émules avaient jailli de cette terre belge, longtemps stérile, et que son effort venait de féconder. Le grand prix quinquennal de littérature avait été refusé par le jury officiel à l'auteur du Mâle. *Une protestation s'éleva aussitôt, groupant une petite phalange d'écrivains novateurs qui, le 27 mai 1883, offrirent au jeune maître, méprisé par un jury de bureaucrates, un banquet de réparation et d'enthousiaste sympathie. Ce fut la Pâques des lettres belges ressuscitées. Ce banquet, qui fit grand bruit à l'époque, affirmait au public somnolent et sceptique que la littérature était désormais une force en Belgique et que des esprits résolus étaient déterminés à la faire respecter. Il devait rester célèbre dans les fastes littéraires, sous le nom de banquet du* Mâle.

A ce moment Camille Lemonnier apparaît bien le chef et le père. Il avait été l'éveilleur, l'homme providentiel qui, du rameau de son art, avait touché au front les endormis. Comme l'affirme énergiquement Edmond Picard, « il symbolyse (seul peut-être) l'activité littéraire belge de langue française dans son ensemble. Il en a été le centre, le tronc, la quille, l'épine dorsale, la ligne axiale : de lui, sur lui, presque tout est sorti ou s'est appuyé directement ou indirectement.» Quelles que furent ses victoires futures, jamais il n'apparut aussi clairement qu'alors le maître et le prin-

cipe, avec l'auréole de la jeunesse et de la force, avec l'avenir devant lui, et le prestige de celui qui s'est conquis, à lui seul, sa place, sans appui, sans père, sans exemples, n'ayant pour base que sa conscience et que sa foi. En même temps Paris saluait sa jeune maîtrise et, dans les lettres françaises, une place d'exception se préparait pour ce robuste autochtone.

Je tiens à rattacher à cette première période de son art un livre paru plus tard, mais qui fut écrit en 1885. C'est le recueil de nouvelles intitulé Ceux de la Glèbe *et dédié aux « gens de la Terre ». Peu de livres se marquent plus authentiquement sortis de lui. Son art truculent, pittoresque, chaud, coloré, vraiment jordaenien, est ici superbement représenté dans sa gamme presque entière, depuis la religieuse gravité du ton de la* Genèse *jusqu'à la farce épique de* Les Pidoux et les Colasse *et à la savoureuse goguenardise des* Concubins*. La splendeur exubérante de la langue, le sentiment des fatalités cosmiques et des irrépressibles instincts, le parallélisme ressenti de la terre et du terrien, le souffle puissant de bestialité manifestes en ce recueil, caractérisent à merveille le panthéiste subconscient qu'a été Lemonnier, à cette glorieuse période de jeunesse de son art. Jamais il ne se prouva davantage un instinctif, servi par une forme fastueuse.*

***

Pour un certain public, d'esprit simpliste, Camille Lemonnier, procréateur d'environ soixante volumes, dont vingt-cinq romans, est demeuré « l'auteur du Mâle *». Parallèlement on trouve, chez de plus compréhensifs admirateurs du maître, ceux qu'enchante la floraison d'œuvres parues depuis 1897 — et je suis de ceux-là — un peu juste penchant à sacrifier, peut-être parce qu'on ne les connaît pas* *assez, les dix romans de la période de psychologie, d'analyse et de documentation où nous entrons.*

Certes, en la série qui va de L'Hystérique à La Faute de Mme Charvet, *Lemonnier a parfois glissé hors de sa nature. Il s'est même laissé aller par instants à refléter des influences. Il a répété les incursions à droite et à gauche de la grande route de son œuvre essentielle. Ces flottements et ses recherches sont-ils dus, comme l'explique un de ses biographes, à la dualité de son ascendance ? Je ne sais ; mais alors il se cherche visiblement. Il paraît inquiet, ce fort. Il s'éprouve. Il est moins lui-même. Je serais plutôt tenté de reconnaître en cette trop visible préoccupation de « littérature » et de métier, le simple effet fatal de l'habitude, — une montée plus lente de la sève en lui après la furieuse poussée du début et le labeur écrasant — de même que la tendance à éclaircir et à varier la manière grave, locale de sa première période, à latiniser sa belle et plantureuse lourdeur germanique. Mais de là à envisager comme négligeables ces dix années de production, il y aurait injustice profonde. Elles ont produit des fruits magnifiques. Cette multicolore série suffirait amplement à la gloire d'un écrivain, car dans la psychologie il s'est révélé aussi un maître. La nature est tellement forte chez lui qu'à l'instant le plus inattendu, elle reprend soudain ses droits, et que du sein de la « littérature » elle rejaillit en bonds splendides. Le fauve n'est pas mort, il est au repos, il sommeille ou il joue. Toujours la grande voix initiale finit par couvrir les petits bruits accessoires.*

Lorsque s'ouvre cette nouvelle période, la production de l'écrivain s'accélère, touffue, multiple, déconcertante. De 1885 à 1888, romans, critiques d'art, récits de voyages, sa formidable Belgique *paraissent coup sur coup, révélant le prodigue et le copieux qu'il est avant tout, parmi les mièvres et nonchalants producteurs.*

L'Hystérique *est peut-être le plus parfait roman de la série psychologique. Comme sûreté d'art et unité de composition il prend place à côté du* Mort. *C'est l'histoire atroce, monstrueuse et sadique des amours d'un prêtre inquisiteur et d'une malheureuse fille que sa maladie nerveuse offre en proie passive au vouloir de son directeur. La culminante figure du livre, c'est bien moins la beguine que l'inoubliable Orléa, le descendant des conquérants espagnols des Flandres, le tortureur aux assouvissements diaboliques, dont les luxures ont un relent de chair grillée aux bûchers. Certains chapitres de ce livre, tel celui où Orléa sent se réveiller en sa chair une virilité sauvage dans la griserie des verdures et l'efflux des sèves, resteront parmi les plus puissants, les plus absolument beaux du romancier. Et cette figure de prêtre coupable, aux traits d'une énergie étonnante, parmi toutes celles qu'a silhouettées l'art du dix-neuvième siècle, s'érige en pleine lumière. Elle s'apparente aux créations de Barbey d'Aurevilly, qui fut avec Gautier, Flaubert et Cladel, le maître préféré de Camille Lemonnier, en sa période d'initiation.*

A cette eau-forte âprement burinée succède la fresque qu'est Happe-Chair. *Maintes fois cette large étude de la vie des laminoirs fut opposée à* Germinal, *non sans l'intention secrète et maligne d'écraser sous le grand nom de Zola celui de Lemonnier. On n'oublie qu'une chose en ce cas, c'est que* Happe-Chair *est historiquement antérieur à* Germinal. *La rencontre de deux romanciers en un thème presque identique fut fortuite. « Quand on a fait* Happe-Chair *— fut-il écrit — on peut être tranquille dans le naturalisme. » Si on franchit le cercle étroit des écoles et des programmes pour restituer au mot naturalisme sa large signification, si on en use pour qualifier cet immense mouvement vers la vérité et l'humanité qui caractérise l'ère moderne, certes.* Happe-Chair *est l'un des monuments du naturalisme. D'hu-*

manité surtout l'œuvre déborde. La splendeur lyrique des tableaux de l'usine en travail ne parvient pas à étouffer la puissante émotion humaine dont ces pages de douleur sont lourdes. La vie d'un laminoir n'est que le cadre d'une action où évolue, de la tendresse jeune aux plus sombres péripéties du malheur et du vice, un couple ouvrier. A travers ce ménage que désagrège l'indignité de la femelle, une humanité de dur-peinants saigne et dénombre ses plaies. Une immense pitié fait tressaillir cette farouche épopée du travail. Lemonnier se manifeste ici avec toutes ses puissances d'artisan aux larges épaules, pétrissant en pleine vie l'humanité de son art d'écrivain, sanguin et riche. Il est certains épisodes de Happe-Chair *qui, vis-à-vis de l'œuvre entier, se maintiennent parmi les beautés définitives, tels que le châtiment du premier adultère de Clarinette, l'explosion de l'usine, ou le pourchas nocturne à travers les rues de l'épouse crapuleuse. Et le livre demeure en son ensemble, l'une des pages fortement représentatives de l'écrivain.*

Il faut avouer que Madame Lupar *ne se maintient pas à ces hauteurs. Ce « roman bourgeois » est plutôt une erreur de la part d'un écrivain que réclame impérieusement un art tout autre. Le thème en demeure trop manifestement au-dessous de lui, et l'art personnel, pittoresque et fort qu'il n'y peut complètement abdiquer apparait plaqué sur la banalité du roman. La matière déborde et reflue sur le sujet trop mince, quelque douloureux efforts auxquels il se contraigne pour y atténuer sa forme. Que la disproportion apparaisse, en de tels cas, choquante, — comme une somptueuse étoffe aux tons riches revêtant une pauvre anatomie,— ceci est à l'honneur de son art, car chez un médiocre ouvrier cette antinomie ne se dénoncerait pas. Le livre manque aussi de concentration et d'équilibre; il apparaît trop une suite heurtée de petits tableaux naturalistes. Il ne faudrait* pas méconnaître pourtant qu'une figure s'en détache, subtilement peinte de touches discrètes et sûres, qu'on n'oublie pas : celle da la petite bourgeoise flamande, à la calme et puissante beauté qui fascine, de sens endormis et de rouerie diabolique, voilant sous une imperturbable sérénité des dissimulations profondes, — un lac tranquille et lumineux avec des dessous de gouffre. Ce type féminin que des apparences de mystère et d'énigme pourraient faire attribuer à quelque arbitraire fantaisie d'artiste, est peint scrupuleusement selon la vie. Sur le fond terne de l'œuvre, cette image se détache d'une criante vérité de ligne et d'une valeur psychologique absolue. Ceci peut racheter en une certaine mesure la faiblesse du livre en son ensemble. Madame Léonie Lupar a droit à la survie de l'art.

C'est en cette même année 1888 que l'écrivain éprouva pour la première fois la susceptibilité de la pudeur des parquets. Reprenant la tradition des procès pour pornographie intentés aux grands artistes, les magistrats parisiens incriminèrent un conte paru au Gil Blas dont Lemonnier était alors l'actif collaborateur, L'Enfant du Crapaud. La défense de son camarade Edmond Picard ne put lui éviter l'amende encourue. L'écrivain et les gens de justice allaient se retrouver face à face en de nouvelles et fécondes circonstances.

On peut s'étonner que le roman qui suivit n'ait pas provoqué un nouveau sursaut de pudeur chez les gardiens de la moralité publique, à en juger par la vivacité des images qu'il offre. Le Possédé est l'étude d'une déviation de l'instinct de nature ou, selon les propres termes de l'écrivain, de « l'éréthisme sénile soustrait à la loi naturelle ». C'est là un des thèmes chers à l'écrivain, qu'il avait interprété déjà dans L'Hystérique, et que L'Homme en amour devait plus tard si magnifiquement synthétiser. J'admire Le Possédé pour deux raisons : parce *qu'il contient des scènes superbes, et parce qu'il prouve, mieux que partout ailleurs, le ressort de son magnifique tempérament, qui toujours éclate et ruisselle du sein de la « littérature ». Le roman débute par de l'artificiel, — une sorte de psychologie ésotérique, — par des pages où le vrai Lemonnier se dérobe à nous, hors de lui-même et de sa nature essentielle. Puis peu à peu la vie se répand, le livre s'échauffe et palpite. Voici l'artiste qui, tout à coup, ressuscité à la chaleur de son sujet, se redresse en pleine humanité, fait intervenir la vie avec toutes ses puissances et finit par une des plus fortes sensations d'humanité vivante que l'art puisse communiquer. C'est ainsi que chez lui l'instinct initial, l'impulsion venue des tréfonds sortent finalement victorieux, et que d'une œuvre, qui semble à prime abord de second plan, se lèvent tout à coup des pages rayonnantes de beauté. La tragique et douloureuse histoire du président Lépervié, vieux magistrat qui s'effondre, chair et raison, au fin fond du sadisme d'un « mauvais amour », c'est en relief surintense l'analyse de l'épuisement génésique. Si le qualificatif prostitué de shakespearien était encore valable, il faudrait y avoir recours pour caractériser les scènes dernières de ce récit. Les épisodes du magistrat franchissant les dernières étapes du gâtisme, son éréthisme s'accompagnant d'ivrognerie, ont une intensité dans le tragique presque effroyable. Jamais, en un tel relief hallucinant, ne fut dépeint le processus du coma chez un vieillard qu'ont peu à peu anéanti les luxures maniées par une véritable stryge. Il y a là des scènes où passe le frisson des grands tragiques, une horreur et une fièvre savamment graduées, qui vous donnent à vous-même, au sortir du livre, le sentiment d'une véritable possession. Vous êtes possédé par le livre, tellement violente et ensorcelante est l'impression qui en émane. C'est positivement une œuvre effrayante ; et s'il n'était pas ridicule de faire intervenir la morale au sujet d'une œuvre d'art, on pourrait affirmer que jamais livre plus vengeur ne fut écrit, plus apte à violemment dégager l'horreur démoniaque des mauvaises luxures.*

Et c'est ainsi qu'au bord des abîmes côtoyés ou pressentis, son sûr instinct le ramène toujours dans les chemins de la vie, alors qu'on pense qu'il va s'égarer au delà.

Il semble qu'à cette époque Lemonnier ait eu véritablement le désir d'éprouver dans toutes les directions l'efficacité de son art. On serait presque tenté de considérer comme l'effet d'une gageure l'absolue divergence des trois romans qui suivirent. Je crois bien que La Fin des Bourgeois, *dans l'œuvre multiple de Camille Lemonnier, est un des livres appelés à disparaître. C'est le seul de ses romans où il ait subi l'emprise d'une formule. La longue introduction de chacun des personnages, le rappel constant d'une thèse condensée en des leitmotivs, le souci dominant des hérédités et des ascendances, l'étude parallèle de tout un rameau familial, la lourdeur pénible du récit évoquent Zola irrésistiblement. Le vrai Lemonnier disparaît presque totalement en la prison de cet édifice savant et pesant. C'est l'histoire-épopée de la banqueroute de la bourgeoisie libérale doctrinaire, héritière pléthorique et déjà décadente, des plèbes naguère victorieuses de la noblesse. Les rares moments où reparaît l'écrivain que nous connaissons, c'est, par exemple, lorsqu'est opposée l'énergie des ancêtres terriens aux durs travaux à la petitesse de leurs descendants, en lesquels s'éteint la force de la race par la corruption de l'argent et de la victoire sociale, ou bien en de courts épisodes tels que la rencontre du Pauvre. Mais les quelques très belles pages du roman ne suffiront pas à le sauver. J'y reconnais l'image d'un géant empêtré aux mailles d'un filet.*

Il semble bien d'ailleurs que Lemonnier ait eu comme la sensation d'un étouffement au sortir de cette œuvre à la lourde atmosphère et qu'il ait éprouvé l'envie violente de s'en évader ; Claudine Lamour, *le roman qui suivit, exactement situé aux antipodes et comme art et comme sujet, m'en apparaît l'aveu. C'est le roman d'une étoile parisienne, reine de music-hall au masque transparent : œuvre très amusante, très vivante, d'une vision très aigue, d'une très claire note impressionniste, volontairement exempte de dessous plus profonds. Après ces deux livres effroyablement noirs distillant l'horreur et la douleur, c'est là comme un sourire, l'heure de délassement, la halte : une vraie « surprise » dans l'œuvre du romancier, une coupe de champagne parmi des* mass *de bière allemande. Avouerais-je que, quels que soient le charme capiteux et le parfum de vie de cette* Claudine, *je la range impitoyablement, avec* La Fin des Bourgeois, *parmi les œuvres de second plan ? Lemonnier fut mis au monde pour un autre destin que celui d'écrire des romans parisiens, fussent-ils très réussis comme celui-là. Il est bien possible qu'en écrivant* Claudine Lamour *il n'ait eu pour but, plus ou moins avoué, que de prouver l'adage « qui peut le plus peut le moins », et qu'en son opulente générosité d'art, en prodigue qu'il est, il se soit fait fort de montrer que lui, le puissant et le copieux, le charnel et le rubénien, l'homme des sèves et des terreaux, le gars poilu et musclé, l'héritier des peintres de sa race à la touche forte et grasse, pouvait, s'il le voulait, se faire léger, aérien, caresseur. Ceci du moins il l'a victorieusement prouvé.*

L'Arche, *au contraire, est comme un acheminement dans le sens de son moi essentiel, apres les errances d'où reviennent les forts. Livre singulier, pénétrant, tout en nuances, à la douce et chaude atmosphère. Le sous-titre « Journal d'une maman » résout l'énigme du titre. C'est le poème du foyer, du nid, du refuge familial, de la couvée qui grandit au giron de la mère : un livre délicieux de consolation et de réconfort, empli du courage et de l'amour de vivre malgré tout, en dépit de la détresse vaillamment dominée, un joyau d'intimité, d'enveloppante tendresse et d'apaisement, un livre où l'instinct profond qui est dans la femme, dans la mère, de la conservation de cette petite cite qu'est le foyer, est analyse avec une acuité de maître psycho-sociologue. Lemonnier a versé là toutes ses tendresses d'être familial et déployé sa merveilleuse compréhension intuitive des choses du cœur et de la conscience de la femme. Je ne saurais d'ailleurs aussi bien caractériser cette œuvre que ne l'a fait une femme : «* L'Arche *est bien plus qu'une œuvre littéraire, elle est surtout et avant tout une douloureuse et vibrante œuvre d'humanité, un chef-d'œuvre d'art profond, — de ce suprême « art de vivre » qui hante tous nos rêves (1). » J'ajouterais seulement que les intuitions très aigues y abondent quant à l'élargissement du rôle de la femme et à la transformation de son rôle familial.* L'Arche, *sans nulle prétention que d'être un beau livre, fait partie de l'idéale bibliothèque « féministe ».*

Ce fut précisément pendant qu'il écrivait cette œuvre de si delicate pureté que Camille Lemonnier eut à subir la seconde crise de pudeur des parquets. C'est a Bruxelles cette fois que la justice opéra, au sujet d'une nouvelle, parue cinq ans avant les poursuites : L'Homme qui tue les femmes, *où le cas de Jack l'Eventreur était élucidé par un artiste. Défendu par son vieil ami Edmond Picard, le compagnon d'armes et de lettres, qu'assistait M. Henry Carton de Wiart, le romancier gagna son procès. Ce n'était pas la dernière fois qu'il apparaissait à la barre d'un tribunal pour y défendre son art contre les mesquines et perfides compréhensions.*

Cette fois c'est bien le franc et définitif retour vers lui-

(1) Marie Mali, Dedicace pour *L'Arche* (*L'Idee Libre.* 15 mars 1903).

même, vers sa nature authentique. La période des expériences et des fugues s'achève. Ce retour, de loin préparatoire à la magnifique floraison qui emplit la troisième période de son œuvre, La Faute de Mme Charvet *le dénote. L'atmosphère purifiée, adoucie de ce drame intime à deux personnages fait présager le ton de la* Légende de Vie. *C'est là une œuvre presque religieuse, tellement grave en est le ton et sereine l'ambiance, en dépit du trouble et de la douleur. Lemonnier a voulu créer le roman type de l'adultère, et pour envisager la crise face à face dans sa nudité et sa sincérité, il a dépouillé le récit de tous les incidents coutumiers, n'envisageant que ses ravages dans les consciences des deux protagonistes du drame. Cette absence d'anecdotes et de comparses à l'entour de la tragédie rend saisissante cette analyse grave, austère, serrée, d'une délicatesse et d'une richesse de nuances véritablement inouïes, d'une douleur où il n'y a ni gesticulations ni sanglots, mais de l'angoisse, de la misère et de la tendresse souffrante. Cette mise à nu de la vie secrète de deux êtres entre lesquels un mensonge s'est insinué, est surtout évocatoire de ce sens d'humanité qu'exprime si merveilleusement l'art de Lemonnier et qui fait que nous nous sentons ici tellement loin de la traditionnelle psychologie de l'adultère, à la formule mille fois triturée...*

Ainsi ce coloriste-né, ce peintre splendide des matérialités et des formes, se décèle un admirable scrutateur des consciences. Cet artiste à la glorieuse animalité peut également se vouloir le plus subtil des analystes de la vie intérieure, le plus délicat des intimistes sentimentaux. L'Arche *et* La Faute de Mme Charvet *le prouvent surabondamment. Vertus admirablement complémentaires et qui ne se rencontrent, à un pareil degré, que chez peu de maîtres...*

*
* *

La période 1893-1895 représente une epoque capitale dans la vie intérieure de Camille Lemonnier. C'est alors que surgit la crise définitive de son existence littéraire et qu'une vérité nouvelle — à vrai dire, par lui virtuellement possédée depuis toujours — le pénètre jusque dans les fibres ultimes de son être.

Il publie L'Arche *et* La Faute de Mme Charvet, *qui terminent un cycle. Un peu las sans doute des multiples expériences de la période qui s'achève et des complexités psychologiques, il se recueille. Il sent qu'obscurément une transformation totale s'élabore en ses tréfonds. Bientôt l'événement intérieur s'épanouit, dissipant les doutes. En lui une source nouvelle se decouvre qu'il ne suffira pas du reste de sa vie pour épuiser. Une jeunesse reapparue, mentale et cordiale, le fait tressaillir au souffle d'un nouveau printemps sacré de son être. Apres le long périple et l'écrasant labeur, le voici à nouveau d'ame jeune, ouverte, fraîche, à nouveau emplie d'une force qui brûle de s'eprouver. Le voici revenu aux origines de lui-même... C'est alors qu'il écrit la* Légende de Vie *— dont l'idee le tourmentait depuis deux ou trois ans dejà — prélude d'une serie merveilleuse d'œuvres larges et neuves, qu'emplit vraiment un sentiment nouveau, un souffle de jeunesse et d'avenir, une conscience d'éternité...*

Ce moment de sa vie m'est cher entre tous, car c'est alors que je l'ai connu, que je suis entré en contact avec sa grande nature rude, candide, enthousiaste et chaude, dans l'ivresse et la palingénesie de son Ile Vierge, *dont il revoyait les dernières épreuves.*

De cet aspect nouveau de lui même, je trouve comme l'intime révélation dans un portrait qui date de cette épo-

que. Le visage s'est transformé, agrandi, solennisé. Le mâle, le plantureux et le sanguin se dénoncent toujours, mais dominés par la conscience lumineuse du regard, par la gravité presque religieuse de la face. C'est bien là l'expression d'un homme qui a accompli son périple, qui a fait le tour complet des choses et de la vie, qui est parvenu désormais à la sérénité consciente, à la révélation essentielle de lui-même. L'écrivain alors s'exalte en l'épanouissement intégral de cet instinct panthéiste qui est dans sa nature profonde de septentrional, et qu'il exprime avec toute la simplicité d'art à laquelle il est parvenu. Les sonorités et les truculences de sa forme se transposent en intensité. C'est le retour au port, après les croisières, d'un être devenu au cours du voyage plus grand, plus sage, plus profond, plus définitif : en résumé plus près de la vie, en ses aspects capitaux. Nous touchons ici, à ce moment, entre tous magnifique, où une vie donne sa fleur, émet sa note profonde, où finalement elle exprime ce pourquoi elle a été créée, où s'avère sa signification fondamentale.

Avec La **Faute** de **Mme Charvet**, *nous avons vu Camille Lemonnier s'acheminer vers un sens particulier de vie et d'humanité, qui va trouver son expression finale. Cette personnelle vision ici se transforme, s'élargit, s'universalise jusqu'à devenir le thème de son œuvre, l'âme de son art... Et l'écrivain s'éprouve tellement illuminée de l'idée nouvelle que le pur artiste qu'il s'est toujours exclusivement voulu, nous apparaît en quelque sorte doublé d'un apôtre, l'apôtre d'une foi et d'une vérité nouvelle autour desquelles son art se concentre désormais. Ce sentiment nouveau est celui de la nécessité d'un retour de l'humanité à la nature, d'où, comme d'un bain de Jouvence, elle ressortira purifiée de ses vieilles tares, à nouveau pourvue de force, de jeunesse et de simplicité, celui de la pureté de l'instinct, de la signification religieuse de la vie, du lien qui rattache* *l'homme à l'animal, à la plante et à la terre, de l'unité de la vie cosmique dans la prodigieuse multiplicité des formes...*

La première œuvre où pleinement et librement cette conception s'épanouit est cette Légende de Vie, *dont nous ne possédons que la première partie,* l'Ile Vierge. *C'est une trilogie où manquent encore* le Libérateur *et* l'Aube des Dieux. *D'où la difficulté de la juger d'ensemble. Telle qu'elle est, c'est une fresque où se déroule un recommencement édénique d'humanité. L'homme s'acheminant, à travers le stade nécessaire de la douleur et du sacrifice, vers la découverte des dieux qui dorment en lui, tel en est le thème. Sylvan, le héros, l'enfant-humanité, y porte les destinées d'un monde parmi des paysages de la jeunesse de la terre. Issu de l'âge de nature, il traversera l'âge trouble des hommes pour aborder à l'âge des élus et conquérir l'Eden, « espoir consubstantiel à l'homme. » Il est aisé de voir que Lemonnier a condensé en cette épopée légendaire tout son rêve d'une humanité libérée. Cette œuvre d'un optimiste et d'un croyant a vraiment les accents d'un évangile, et elle se prouve en vérité le bon évangile de la nature et de l'homme. Et l'on s'émerveille qu'en dépit de la légende et de la thèse, elle conserve comme la* Tétralogie *wagnérienne, à laquelle elle s'apparente, le caractère des choses vivantes. En ce vaste roman-poème, l'écrivain a inscrit de telles vérités sacrées en une forme tellement belle qu'à ceux qui ne voudront pas l'envisager sous son intérieur aspect de prophétie, elle apparaîtra la plus pure des œuvres d'art. Ce qui plus particulièrement m'attache à ce livre, c'est que Lemonnier s'y est donné lui-même en exemple vivant de la vérité de sa foi. Lui qui n'a rien absolument d'un métaphysicien est arrivé en cette parabole de l'Eden, par son seul instinct d'homme et d'artiste, à l'expression de vérités que des philosophes de profession sont occupés à promouvoir. Qu'il soit parvenu au même point qu'eux, par la simple prescience, par la puissance divinatrice de son sens de nature et d'humanité, ceci projette une lumière singulière sur les puissances de l'instinct. Qu'est-ce que le génie, sinon de l'instinct à la plus haute puissance ? Le génie n'est pas fait d'intelligence...*

C'est là vraiment le bain de nature et d'innocence où l'écrivain s'est plongé au début d'une ère nouvelle, conviant par son art l'humanité à suivre son exemple. C'est une œuvre véritablement lustrale. Ce roman si peu parisien n'eut, il faut l'avouer, qu'un médiocre succès. Le public ne comprit pas cette évolution d'un écrivain. Pourquoi changer sa manière lorsqu'on est connu pour offrir certains produits déterminés ? Pourquoi l'écrivain ne recommençait-il Un Mâle *ou* L'Enfant du Crapaud ?... *Il est peut-être intéressant de noter que le Zola des* Trois Evangiles *se heurta aussi à l'incompréhension.*

Avec l'Homme en Amour *nous revenons aux immédiates réalités. En confessant que ce livre est un absolu chef-d'œuvre, je n'étonnerai sans doute que ceux qui n'ont pas la bonne fortune de le connaître. C'est un de ceux où toutes les qualités de l'artiste et toutes les puissances de l'homme se sont équilibrées pour concourir à une création parfaite. Sorti de la même conception que* Le Possedé *— mais ici plus large, plus vraie, plus universelle, plus humaine, également d'un art plus sûr et plus serein — c'est le roman du sexe d'abord atrophié puis hypertrophié. Un homme aux instincts falsifiés par les traditionnelles morales étale les souffrances de sa chair tenaillée. Par le fait des faux préceptes dont on estropia son instinct de jeunesse, la beauté de la vie normalement et librement vécue, selon les enseignements de la nature, lui apparaît sous les traits du péché. Après avoir âprement lutté, poussé par l'impérieux prurit sexuel, il se rue aux luxures avec la frénésie de l'être long-*

temps sevré. Emporte fatalement d'un excès à l'autre, il s'enfonce dans la volupté animale, dans l'affolement nerveux du contact, et y sombre, victime de l'erreur initiale.

Cette œuvre brûlante et navrante, d'une si personnelle saveur, où se sous-entend un hymne en l'honneur de l'instinct et des saines énergies vitales de l'être humain, est le plus âpre et le plus vivant des réquisitoires qu'aient suscités les morales issues des vieilles théologies. Œuvre douloureuse et vengeresse où saigne une humanité, trompée par ses éducateurs et où la voix ardente et grave de l'écrivain semble le porte-parole d'un âge avide de se soustraire aux corrupteurs d'humanité, pour inaugurer, dans la pleine franchise, le retour aux enseignements de la nature et de la vie.

L'indubitable beauté de ce livre — le plus intégralement beau peut-être de l'œuvre entier — la gravité de son accent, sa haute valeur éthique, n'empêchèrent pas que la magistrature, en sa troisième crise de pudeur à l'égard du libre artiste, impénitent en ses franchises d'art, n'y considérât que les vives images qu'il contient et ne le citât de ce chef. L'écrivain cette fois fut triomphalement acquitté. Et ce procès de Bruges, qui lui fut l'occasion d'une belle manifestation de sympathie venant de ses amis des lettres, allait être le prétexte d'une récidive de la part de l'écrivain.

Après une étude de second plan, Une Femme, *livre de délassement entre deux maîtresses entreprises, Lemonnier, poursuivant l'expression toujours plus adéquate de la grande idée qui l'emplit, allait offrir cette fois la révélation complète de lui-même en une œuvre où ses aspirations présentes s'ordonnent et se totalisent.* Adam et Eve *demeure son livre favori, celui dont il est le plus orgueilleux, sans doute parce qu'il y exprima le plus clair et le plus intime de son idée, et qu'il sut y communiquer, à un degré vraiment suprême, ce frisson de vie et de nature que le grand art a pour mission de faire éprouver. Nous sommes ici transportés par le romancier dans le plein air et la pleine solitude, où l'être humain, en s'écoutant vivre parmi les milliards d'existences animales et végétales, apprend à se mieux éprouver. Un homme à qui la vie fut cruelle a résolu de fuir les contacts sociaux et de recommencer son existence. Pour cela il gagne la forêt, où il va s'efforcer de « vivre et de penser avec ses propres forces »... Peu à peu un calme se fait en lui, puis la joie, puis la conscience renaissent. Pour son existence il ne doit compter que sur l'effort de ses mains et de son cerveau. Les plus humbles travaux, étapes par où passa naguère la primitive humanité, se revêtent à ses yeux d'un sens éternel. Pour l'avoir écoutée, la vie s'empreint à nouveau pour lui de saveur et de signification. Un nouvel homme est né auquel la terre a communiqué ses toujours jeunes énergies, avec un cœur candide et des yeux d'enfant, et qui désormais connaît sa place dans l'univers dont il apprit le mot de la grande énigme : vivre.*

Ce vivant poème demeure, comme tous les grands livres, rebelle à l'analyse. Rien n'en saurait redire la majestueuse simplicité, la beauté profonde : la plénitude des sensations qu'il apporte, non plus que sa forme d'une perfection adéquate, ne peuvent se définir. Cette pénétration de la nature, cette notation multitudinaire des rythmes cosmiques apparentent Lemonnier aux poètes les plus grands du panthéisme. Je ne vois personne, parmi les écrivains de langue française, qui nous ait donné et qui puisse nous donner d'aussi fortes sensations de nature, nous traduire à un point aussi aigu l'émotion de Pan. Personne ici n'a exalté comme lui les puissances de l'individu, seul, en face de la nature. A cet égard je souscris au jugement de l'écrivain sur son œuvre : c'est dans Adam et Eve *qu'il a mis le plus de lui-même, puisque c'est le livre où il a mis le plus de nature. Et c'est là un livre qui demeurera, dans la déroute de milliers d'œuvres contemporaines, comme l'incarnation, sous une forme eternelle, des tendances profondes d'un âge. C'est une œuvre où s'affirme une étape de l'humanité.*

La fécondation de l'écrivain par l'idée nouvelle qui désormais l'emplit, est telle, qu'il lui semble ne s'être jamais exprimé assez richement et que de nouvelles œuvres jaillissent de lui où se réaffirme et s'élucide la conception d'une humanité renouant avec la nature les nécessaires liens. C'est ainsi qu'il nous offre, bientôt après, ce livre au titre significatif, Au Cœur frais de la forêt. *C'est une transposition du grand thème* d'Adam et Eve. *Ne croyez pas néanmoins que l'écrivain se contente de s'y répéter et de s'y commenter. La richesse de sa vision et de ses sensations lui permet d'exprimer un thème identique sous les plus dissemblables aspects, comme nous le prouvèrent déjà* Le Possédé *et* L'Homme en Amour. *Ainsi un jeune vagabond des villes se joint à une petite drôlesse pour expérimenter la vie sauvage. Ils subsistent en luttant, s'attachent à leur nouveau domaine, et de dégénérés qu'ils étaient, redeviennent peu à peu des primitifs. Eux aussi, comme Adam, le grand enseignement de la forêt les pénètre. La libre existence et le sentiment de ne vivre que selon leur propre effort, l'exaltation des forces latentes de l'individu en exercice dans les aromes du plein air et des sèves, les métamorphosent. L'anonyme voyou et sa petite compagne deviennent un homme et une femme, robustes et sains, le normal animal humain des premiers âges. Le roman s'achève en un épisode qui lui apporte sa signification plenière. Non content d'être régénéré pour lui-même, l'homme fera servir son salut à la rédemption des autres hommes. Fort de toutes les énergies de nature qui sont entrées en lui, il transforme une peuplade de forbans en une communauté juste et libre, destinée à enfanter une race qui se developpera selon les normes : germe d'avenir jeté dans le monde par le jeune prophète. Telle cette œuvre de haute signification où Ca-*

mille Lemonnier, ouvrier serein et persévérant dans les voies nouvelles, a redit sa foi.

Cette nouvelle orientation de la pensée de Lemonnier fut riche en conséquences pour son art. L'idée du retour à la nature a engendré chez lui le retour aux thèmes locaux auxquels se rattachaient les motifs de ses premières œuvres et dont, par la suite, attiré vers d'autres horizons, il s'était quelque peu éloigné. L'artiste se sent repris par ses racines, comme il aime à le répéter lui-même. Comme l'émigrant, parti jeune aux pays lointains pour y faire fortune et qui retourne à son village, il est revenu riche — littérairement — de son voyage à travers la vie. Cet amour pour un coin de sa terre retrouvé et passionnément aimé, il l'exprime en deux œuvres, dont la première porte un titre imagé : Le Vent dans les Moulins.

C'est là un livre de paysagiste. Evoqués en une langue attendrie, émue, intime, les petits villages voisins de la Lys nous apparaissent dans leur pittoresque et claire silhouette. L'être humain n'est ici qu'une parcelle du paysage parmi lequel il se fond. C'est la terre qui domine, et la rivière, l'atmosphère, la prairie. Lentement devant l'œil du peintre, l'année flamande déroule l'harmonie chantante de ses paysages, de ses travaux, de ses peines et de ses joies. Le charme tout puissant de ce livre provient de ce qu'il extériorise la tendresse infinie, communiale de l'écrivain pour un fragment de nature, vu et senti jusqu'en ses plus secrètes intimités. C'est un hymne à la mère Flandre, ému, filial, une œuvre de piété et d'amour, une œuvre entre toutes savoureuse, aromatique et prenante, parsemée d'images de bonheur, exhalant un vrai et bon parfum rural, une vraie tendresse de terrien pour la terre. Il faut y noter aussi l'expression parfaite d'un des traits caractéristiques de Lemonnier, ce sens très particulier d'ironie attendrie et de bonhomie pittoresque, qui dénote en lui le Septentrional et qui l'apparente à certains écrivains du Nord. A cet égard le Dries Abeels du Vent dans les Moulins, *le jeune gars flamand rêveur, bon enfant, adorant se laisser vivre et en qui peu à peu s'éveille une conscience d'homme soucieux de sa tâche, est, non moins que le héros du roman qui va suivre, une création qui s'impose à l'imagination, occupant une place bien à part dans la foule pittoresque des personnages de Lemonnier.*

Je tiens à ne pas séparer de cette œuvre celle qui lui est parente, exprimant un autre aspect de l'âme des Flandres, bien que chronologiquement elle ne la suive pas. Le Petit Homme de Dieu, *c'est la vie qui se déroule d'une petite ville flamande. Furnes et sa procession célèbre en forment le thème central. Par le plus curieux phénomène, les gens de Furnes, à la longue hypnotisés par l'annuelle célébration du mystère religieux qui s'est préservé parmi les modernes incroyances, arrivent parfois à se croire en vérité les personnages que figure leur procession. Ainsi Ivo Mabbe, le petit marchand de cordes dont l'échoppe s'accole à la cathédrale, se croit vraiment un Christ. Cette dualité du* Petit homme de Dieu, *abondante en effets pittoresques, anime la figure centrale du récit. Ivo, comme son parent Dries du roman qui précède, veut se développer selon la logique de son être. Puisqu'il est un Christ, il doit faire pénétrer parmi les pêcheurs le pur esprit de l'Evangile. Ses prédications aux pauvres gens des ruelles ameutent la ville contre lui. Heureusement l'amour de la belle fille qui incarne Marie-Madeleine au temps de la procession lui offre le réconfort. Au sens attendri de la vie que nous notions aux précédents livres, à sa particulière ironie douce, à l'atmosphère d'optimisme et de bonheur, s'ajoutent ici les notations plus réalistes d'un récit coloré, pittoresque et verveux. Le marchand de corde et son petit âne, Cordula, le beau fruit de vie, sont des êtres qui persistent obstinément dans le souvenir, de la vie profonde et ardente des créatures modelées selon la vie.*

Ces deux romans, ou sont fixés par un psychologue expert et par un maître peintre des traits permanents de la race, des aspects de la conscience et du sol, des types et des mœurs originaux, revêtent, au point de vue national, une signification exceptionnelle.

Entre ces deux évocations de la Flandre rurale et urbaine deux œuvres avaient pris place. J'incline à penser que la première, Le Sang et les Roses, *n'est pas absolument réussie. J'en découvre l'idée très belle; mais précisément je la vois trop, et elle ne me semble pas assez réalisée dans la vie de l'art. Un mari s'immole, après de longues resistances intimes, au désir profond de maternité, qui est en tout l'être de sa femme, et laisse venir à elle l'inconnu qui lui apportera le bonheur complémentaire que lui-même ne put lui offrir. C'est un nouvel aspect, on le voit, du thème cher à Lemonnier. La nature souveraine doit triompher des liens sentimentaux; malgré tout son œuvre doit s'accomplir, puisqu'elle est au-dessus de tout. Si la leçon, à mon avis, s'y voit trop et que l'intention morale y est plus apparente qu'un roman ne le permet, il y a du moins des pages d'ardente beauté ou s'exprime le double épanouissement parallèle de la vie physique profonde de la femme et de la vie florale, le travail des sèves chez l'héroïne et parmi le verger. Et parmi tant d'efforts orientés vers la stérilité du flanc féminin, il est audacieux d'avoir ecrit le roman du besoin de maternité, la monographie de l'instinct impérieux qui est en l'être de la femme.*

C'est du procès de Bruges que nous est venu Les Deux Consciences, *un livre qui se dresse, parmi les cimes de l'œuvre, empreint d'une signification speciale. Une passion concentrée le traverse, plus ardente encore que d'ordinaire, parce qu'il est sorti de l'intime vie personnelle de l'auteur, d'une expérience de vie où son être, aux prises avec l'être collectif, lui est apparu à lui-même en violents reliefs de vérité. La conscience du juge et la conscience de l'écrivain Wildman, poursuivi pour un livre « attentatoire aux bonnes mœurs », s'y livrent un âpre combat dans le champ clos du cabinet où s'edifie l'instruction. Une vie d'écrivain s'y expose en ses secrètes intimites, en ses tourments de foyer, dans le labeur de l'enfantement cérébral et le trouble profond que jettent en lui les poursuites. Ce qui fait ce livre très grand, d'une beauté et d'une verité universelles, c'est que, ce drame particulier, l'écrivain l'a haussé aux proportions du drame énorme ou deux mondes luttent, — celui du passé, toujours dominé par les conceptions médievales, et celui de l'avenir, qu'emplit le respect de la vie integrale, — du pathetique conflit où l'idée chrétienne et l'idée de nature s'étreignent à la limite de deux ages. C'est un raccourci qui lui evoque le combat essentiel du monde moderne. la complexe et gigantesque querelle des théologies et des libres instincts. Le petit juge, burlesque, rusé, sinistre, buté en sa conception morne et absolu, y apparaît le fonde de pouvoir des siècles gothiques, traquant de ses formules byzantines l'écrivain loyal, qui est ici l'interprète d'un monde encore enfant, mais qui a tout l'immense avenir devant lui. Moinet et Wildman, ce sont bien là les deux antagonistes essentiels dans la crise présente du Vieux Monde.*

Cette œuvre, si haute par sa valeur de realité symbolique, présente un intéret d'un ordre plus intime. Elle est à bien des égards une auto-psychologie, — la seule œuvre ou l'auteur s'est dépeint authentiquement. Lemonnier, à travers le Wildman des Deux Consciences *et par dela les détails de l'affabulation. s'y décrit avec la plus merveilleuse ingénuité dans la pleine vérite de sa nature, s'y offre, vivant et pensant, chair, nerfs et cerveau. C'est ici le plus précieux des documents que nous possédions sur lui-même, non seule-*

ment sur son idée et sa conscience, mais sur sa vie et ses habitudes d'écrivain. Il nous donne ainsi l'indispensable commentaire de son œuvre, en un roman qui tient du plaidoyer, de la confession et de la fière revendication, où il a fait entendre ses protestations d'honnête artiste et révélé le sens de son effort, le secret de sa longue lutte d'art et d'idée. Pour ceux qui ne l'auraient pas entendu, le mot final de son œuvre et de sa vie s'y trouve enfermé. Ils se sentiront face à face avec une grande nature, s'y dénudant en la franchise de sa force et la conscience de sa vérité.

*
* *

Il est d'autres Lemonnier à côte de celui-ci. L'auteur des vingt-cinq romans que nous venons d'analyser est également celui de cinq volumes de critique d'art, de dix-huit volumes de contes, de quatre pièces et d'un livre énorme, La Belgique. *Ainsi, dans les pans de son manteau on pourrait facilement tailler de la gloire pour une demi-douzaine d'écrivains; car il est un prodigue et un plantureux. Il ne sait pas compter. Vous pourriez lui voler la moitié de son œuvre qu'il demeurerait riche encore. En cet être aux multiples activites — et pourtant si simple au fond — le romancier figure bien l'axe, mais les autres parties de l'œuvre sont aussi authentiquement de lui, et achèvent de lui donner sa vraie physionomie.*

Avant tout il y a l'écrivain d'art.

C'est par des « Salons » que Camille Lemonnier a débuté dans la littérature, à 19 ans, et s'il ne s'était pas révélé plus tard romancier, conteur, etc... c'est la défense de l'art qui l'eût conduit à la notoriété. C'est parmi les peintres qu'il conquit ses premières amitiés. Il est né à la vie mentale, il s'est développé dans une atmosphère d'art. Et parmi les écrivains d'art il a fortement marqué sa place.

Lorsque parut son deuxième Salon de Bruxelles, — celui de 1866 — l'auteur, un matin, vit venir chez lui Alfred Stevens qui l'embrassa et lui dit : « Vous êtes désormais le critique sur lequel nous fixons les yeux. » Ce jeune homme en qui se renouait la tradition des grands critiques d'art, avait en effet découvert des peintres tels que H. Boulenger, Louis Dubois, H. de Brakeleer... Ce fut ensuite ce coup d'audace, le Salon de Paris de 1870 : un volume de deux cent cinquante pages. L'écrivain de vingt-cinq ans, presque un inconnu encore, mais sûr de sa force, pénétré de sa mission, a voulu élargir le champ de sa vision. En une langue insolite, puissante et neuve, il y émet des jugements d'une stupéfiante maturité (1).

Une vertu domine, en effet, toute la critique d'art de Lemonnier : c'est qu'elle émane d'un homme qui comprend essentiellement la peinture. Tout d'abord il la connaît profondément. Je ne veux pas seulement dire qu'il possède une vaste érudition esthétique ; également il connaît à fond les matérialités et les techniques de l'art. Sa critique est basée sur une science positive, dirigée en tous sens. Mais ce qui lui communique cette originalité et ce caractère adéquat qui la distingue, c'est qu'étant lui-même un peintre se servant de mots en place de touches, que sa matière littéraire étant en grande partie de la matière picturale, il y a entre lui et

(1) Voici un jugement curieux à noter sur ce Salon de 1870. Il émane de Sensier, le biographe de Rousseau et de Millet :

« Enfin, voici une œuvre forte ! Voilà la formule du véritable progrès dans l'art, telle que beaucoup l'avaient comprise et sentie sans pouvoir toutefois l'exposer... Tout le livre est écrit en jets de feu. Nous l'avons tout d'abord considéré comme la profession de foi des artistes appelés à fermer le dix-neuvième siecle. La lecture du livre justifiera notre admiration pour un écrivain presque inconnu encore des lettres de ce temps-ci. Ce livre, lui-même, œuvre de foi virile, est de nature non seulement à légitimer notre admiration, mais à produire dans le monde artistique une emotion profonde et durable, plus que cela, une véritable revolution... »

(Cite par L. Delmer, *loc. cit.*)

les artistes qu'il juge une parfaite analogie de sentiment. C'est d'un œil fraternel qu'il les considère. C'est presque en confrère qu'il nous parle d'eux, tant il s'en éprouve instinctivement proche, ce peintre-né.

C'est là l'essentielle vertu qui donne à ses études sur l'art tant d'autorité, de vie, de surprenante vérité. Lemonnier n'est pas un écrivain enguirlandant de littérature et de rhétorique les toiles qu'il commente. Il est le critique d'art dans toute la force du terme, à la fois technicien et philosophe, précis et large, possédant — qualité rarissime chez un écrivain — le sens de l'art, non point l'idée de l'art. C'est pour avoir éprouvé cela sans doute qu'à partir du Salon de 1870 les artistes commencèrent à entourer Camille Lemonnier. Voyez son livre sur Courbet, qui date de 1878. C'est là l'étude définitive sur le maître d'Ornans : le présent n'a rien à y ajouter ou y modifier, ni l'avenir non plus. On peut considérer cette monographie comme l'œuvre type de Lemonnier écrivain d'art. A l'art plastique du peintre correspond la langue plastique de l'écrivain : monument élevé par un égal à son égal. Cette œuvre de jeunesse est empreinte d'une telle maturité qu'à n'en pas contrôler la date, on la jugerait sortie de la pleine maturité. Ou bien encore parcourez le recueil intitulé Mes Médailles, qui fut composé à l'occasion de l'Exposition universelle de 1878, et où nos grands paysagistes sont évoqués à traits sobres, puissants, fouillés jusqu'à l'âme même du tableau et du peintre. Admirez en même temps que cette lucide compréhension d'art, cette sincérité, cette chaleur, cette intimité, cette conscience, cette plénitude. Il y a là, sur l'art et les artistes, des pages définitives, d'une vérité qui ne passera pas, d'une vérité que rend plus inoubliable encore la forme magnifique dont elle se vêt.

L'Histoire des Beaux-Arts en Belgique est un monument élevé par Lemonnier à l'art autochtone, de 1830 à 1887.

C'est l'historique du mouvement qui, en Belgique comme en France, entraîna l'art moderne vers la nature et la vérité. Il y portraiture, de sa manière compréhensive, vivante et forte, les grands artistes belges de Joseph Stevens à Artan, qui, pour la plupart, furent ses amis. Ces études, qui vont du détail le plus scrupuleux aux vastes synthèses, ont la largeur sereine qui convient au vrai historien et au critique philosophe. Elles ne sont pas même dépourvues d'une qualité bien imprévue, venant d'un passionné et d'un instinctif comme lui : l'impartialité. C'est là vraiment un livre classique, au meilleur sens de ce mot, sur l'art moderne en Belgique, — un livre d'ailleurs abondamment pillé. Tels de ses portraits, ceux de Baron et de Charles de Groux, ou bien encore celui de Wiertz, d'une si aiguë vérité, devraient figurer dans une anthologie des peintres. Cela est complet, définitif, d'absolue justesse, et de plus écrit dans une langue qui s'égale à l'art du peintre décrit.

Ce qui vaut surtout dans le volume d'impressions recueillies par Lemonnier au cours de son voyage En Allemagne, *ce sont les pages sur l'art et entre toutes celles que lui inspira la si riche Vieille Pinacothèque de Munich. Il s'y rencontre face à face avec Rubens et Jordaens. La vue des soixante-seize Rubens — la plus formidable collection du maître qui soit — le plonge dans un enivrement. « En Rubens, déclare-t-il, je sens s'éveiller ma race, il est le père spirituel des hommes à sang rouge... » Devant ce prodigieux animal qu'est le peintre anversois, toute l'animalité de sa nature s'exalte et s'épanouit, le fauve se redresse et l'on entend soudain, parmi les calmes notations du livre, un long rugissement de joie et de triomphe. Et cette confrontation des deux Rubens, celui du livre et celui du tableau, nous a valu ces pages éblouissantes, inouïes, de relief si fantastique que les mots semblent y acquérir des puissances inconnues, que les phrases s'y revêtent positive-*

ment de couleur et de forme, paraissent douées de saveur et de parfum, et qu'on ne sait plus si on a devant les yeux une toile ou une page imprimée. Ce chapitre dédié aux Rubens de Munich, qui est dans tout l'œuvre de Lemonnier l'une des pages maîtresses pour ce qui est de l'expression plastique du verbe écrit, demeure comme un prodige de vie et d'écriture, unique peut-être dans les lettres universelles. A mesure qu'il s'achemine dans son art, en quête d'expressions toujours plus adéquates de lui-même, la faculté de création l'emporte chez lui sur la faculté critique. L'édification de son œuvre l'accapare tout entier. Il est demeuré pourtant l'œil largement ouvert sur l'art. Je me contenterai d'en citer comme preuve cette page étonnante consacrée au peintre Alfred Verwée (1895). Il vit toujours dans l'intimité des artistes, près du sculpteur Constantin Meunier, du peintre Claus. Les tendresses de la première heure sont loin d'être éteintes. Et l'art contemporain n'a pas de secret pour lui.

Il y a ensuite le conteur.

Songeons un peu. Lemonnier est l'auteur de dix-huit volumes de contes et de nouvelles. Il y a là tout un monde. Il y a là l'œuvre de toute une vie d'écrivain. Des histoires âpres ou truculentes de Ceux de la Glèbe, *jusqu'aux récits enfantins des* Joujoux parlants, *— où, sans s'avilir, son art se baisse à la taille des petits, ses auditeurs, et où fait merveille le don qu'il a de vivifier tout ce qu'il touche, — c'est toute une humanité qui est enfermée là. Il est clair que cet aspect de lui-même exigerait une étude spéciale, impossible à cette place. Il nous est permis de dire seulement que ses contes ont suivi la même évolution intérieure que ses romans. Des contes de son époque première, tels que* Histoire de Gras et de Maigres, Contes Flamands et Wallons, Ceux de la Glèbe, *à la manière grasse, somptueuse, pittoresque ou bien candides, clairs, joyeux comme un carillon,* *il est allé aux nouvelles de sa période de collaboration au* Gil Blas, *pour aboutir à ceux, plus spécialement humains et naturistes, qui ont suivi* L'Ile Vierge, *le livre annonciateur de l'idée nouvelle. Il y aurait ici des merveilles à mettre en relief. Quiconque voudrait se pénétrer de la beauté multiple de cette partie de son œuvre devrait, par exemple, associer dans sa lecture* La Genèse *de* Ceux de la Glèbe, La Saint-Nicolas du Batelier *des* Noëls Flamands, L'Homme qui tue les femmes *de* Dames de Volupté, Eden *de* La Petite Femme de la mer. *Il savourerait ainsi l'essence de ces contes, et, des impressions ressenties, mesurerait le champ d'humanité qu'ils couvrent. Comme chez tous les panthéistes d'instinct, sa vision multitudinaire, son sens universel de la vie lui ont rendu possible cette immense variété d'aspects de nature et de minutes d'humanité saisis, et pour certains éternisés, à travers ses récits.*

Il y a aussi l'auteur dramatique. Ceci est, à vrai dire, un aspect mineur de son œuvre. Tardivement Lemonnier s'est essayé au théâtre. Il a notamment adapté à la scène son célèbre Mort, *sous forme de pantomime d'abord, ensuite comme tragédie en cinq actes, qu'une refonte condensa définitivement en trois actes. La poignante atmosphère de l'œuvre prêtait merveilleusement à son expression dramatique. L'auteur a réussi, en une action très simple, à recréer par des moyens scéniques la sensation d'angoisse du roman. Le drame du* Mort *est une œuvre vraiment haute et émouvante, qui vit de la vraie vie des planches, et où la scène finale notamment laisse le souvenir de l'un des beaux moments du théâtre contemporain. Malgré cela je crois que Lemonnier n'emprunte pas d'instinct la forme dramatique. Il est trop foncièrement paysagiste, trop porté à recréer dans la vie des mots la vie extérieure; sa langue aussi est trop riche pour la scène. Je ne considère ses deux ou trois pièces que comme une diversion, pour ce curieux d'expres-*

sions nouvelles, pour cet artiste en perpétuel devenir.

Il me faudrait enfin parler de sa Belgique. Je n'ai pas la fatuité d'évoquer ici en quelques phrases une œuvre que l'auteur mit plusieurs années à rédiger et dont l'ampleur ne se mesure pas seulement au nombre imposant des pages. Ce vaste poème descriptif donne la mesure du tempérament formidable grâce auquel il put être mené à bien, sans que Lemonnier interrompît pour cela le cours majestueux de son œuvre. Il est sorti d'une tendresse violente, religieuse de l'écrivain pour le sol natal. Sa Belgique il l'a éprouvée proche de son cœur, dans la diversité brusque d'aspects que créent sa configuration géographique et la dualité ethnique du peuple qui l'habite. Des polders au borinage, des rocs meusiens aux campagnes de la Lys, des cités industrielles aux villes sépulcrales, son regard ému et grave de fils du sol, son regard d'artiste aussi, s'est promené d'une vision lente et pénétrante où passaient l'art, la légende, l'histoire, les mœurs, le paysage, qu'il redisait en larges évocations coupées d'intimités familières. C'est vraiment une âme patriale et pieuse qui s'épanouit à chanter les aspects de la terre des aïeux. Plus tard il devait redire, d'une note plus intime, l'une des strophes de ce chant, et ce fut Le Vent dans les Moulins.

Car il y eut toujours chez cet « enraciné » la préoccupation foncière de la terre natale. Lemonnier est un terrien, retenu au sol par toutes ses fibres. C'est un intimiste du coin de nature ancestral. Absentes de lui les violentes curiosités du dehors, les fièvres de départ et d'aventure aux pays étrangers. Son sol, l'homme du fragment d'humanité dont il sort accaparent sa vision. Plusieurs existences ne lui suffiraient pas pour en épuiser la série des aspects et des phénomènes. Sa vie s'est écoulée presque entière aux mêmes lieux. Il a habité Ixelles et La Hulpe, avec des séjours tout fortuits à Paris. Son seul voyage fut, je crois, celui d'Alle-

magne. Il ne connaît que les deux pays limitrophes, la Hollande et la France. Si j'insiste sur cet amour fondamental de sa terre — dont La Belgique *est l'expression ultime et grandiose — c'est qu'il révèle l'une des caractéristiques majeures de son tempérament. Ce n'est pas un art cosmopolite, d'impressions hâtives et kaléidoscopiques, que le sien. C'est un art local, intense, sincère et vécu, qui malgré l'étendue de ses rameaux aspirant l'air d'alentour, n'en a pas moins ses racines invinciblement fixées au sol.*

La Belgique *obtint le prix quinquennal de littérature, refusé au* Mâle *quelques années auparavant. Il est vrai qu'on ne l'admit pas, sous forme de prix, dans les écoles. Sous pretexte qu'elle était, selon le mot de M. Laveleye, « trop lyrique ». C'est là un de ces jugements révélateurs qu'il importe à la postérité de recueillir...*

*
* *

Lorsque j'envisage cette hautaine et puissante figure, non plus dans la multiplicité de ses aspects, mais dans l'unite centrale de sa nature, j'y reconnais comme principe moteur un instinct.

Car chez lui c'est bien l'instinct qui commande en maître. Ses premiers livres ont jailli de l'irrésistible instinct de s'exprimer sous la forme verbale, non pas de la volonté d'être un écrivain.

La raison, en cette primesautière nature, demeure en retrait. La logique indiffère cet intuitif. La ratiocination, les dialectiques sont absentes de lui. L'intelligence ne culmine pas. C'est un grand ingénu violent, sensuel et tendre,

Il laisse entrevoir à ceux qui ont eu la sensation nette et pénétrante de son œuvre et de lui-même, un côté enfant et candide, qui persiste sous les ans, comme si, au fond de lui, une fontaine de jeunesse et de force génératrice s'epan-

chait sans mesure, inépuisablement. C'est là le secret du perpétuel devenir en lequel il se maintient. Il ne s'est pas figé et froidi comme la plupart : en lui la sève toujours circule vive, le sang se maintient rouge et chaud, l'âme sonore et brûlante. C'est un sensitif aspirant la vie par tous ses pores, par toutes ses fibres, la buvant jusqu'à l'ivresse, et dont les émotions se répercutent tumultueuses, intenses et longues, ébranlant l'organisme. Je serais bien surpris que le cœur ne fût pas chez lui un organe physiquement très développé, d'une exceptionnelle vigueur. Le cœur qui bat suivant le rythme de la vie, le cœur par quoi nous nous prolongeons au sein de la nature et des êtres, le cœur source des effusions, le cœur centre d'enthousiasme, se décèle à chaque page de son œuvre, suggérant l'image d'un être de fougue, de jouissance et de communion.

Il possède les deux qualités complémentaires. Il est un sanguin et un nerveux à la fois. De même que ce sensuel est un réfléchi, ce vibrant un passionné de solitude. Et ceci dans l'équilibre admirable de sa nature opulente.

Son œuvre est l'adaptation de cette force élémentaire qui est en lui à de neuves formules d'art. Ou mieux, selon son propre aveu : « Ma race se tourmentait d'enfermer aux formes latines l'âme cordiale et rude des ancêtres blonds. » Aussi, quelles qu'en soient les contradictions et les antithèses apparentes, quelque reproche dont soit passible tel aspect de son art, il a cette vertu capitale, dont nulle subtilité ne peut celer l'absence, et qui est le tempérament. C'est un procréateur aux reins vigoureux et féconds. Je fais fi de son talent prodigieux pour ne voir ici que ce don de créer, qui est le génie. Je ne vois pas l'homme rompu à la manœuvre du vocable, je vois seulement l'homme fort. Celui-là n'est pas un siffleur de petits airs, un virtuose du chatouillement, un miniaturiste. C'est un rude gars aux muscles bandés, aux bras qui étreignent, à la volonté qui s'implante au cœur des réalités. Je ne veux saluer en cette minute que l'ouvrier d'une œuvre de sève et de nature.

Cette œuvre, elle apparaît étonnante d'universalité lorsqu'on en fait le tour. La variété des aspects d'humanité qu'elle reflète est presque déconcertante. Elle atteint les proportions d'un cycle embrassant tout un monde, dans l'illimité des sensations de vie et de nature qu'elle évoque. Voyez la richesse d'une œuvre qui réunit des types aussi divers que Cachaprès et Léonie Lupar, Adam et Sœur Humilité, Ivo Mabbe et Claudine Lamour, Mme Cléricy et Petit Vieux, Balt et Sylvan. Et le même homme scruta l'âme des grands artistes, se prit à murmurer à l'oreille des petits, évoqua une contrée. C'est à de tels rapprochements que se mesure l'area du domaine parcouru par un écrivain.

Il a donné son œuvre avec la fécondité rythmique de l'arbre, à cette seule différence près qu'avec lui les années stériles ou mauvaises n'existent pour ainsi dire pas. Cette éclatante fécondité lui fut maintes fois reprochée. Des esprits quinteux et constipés lui ont fait un crime de produire un volume pendant qu'ils ne réussissent à mettre sur pied qu'une page. Comme Lemonnier a pris soin de répondre en quelques mots définitifs à ce facile reproche, je préfère m'abstenir. J'ajouterai seulement que quelle qu'ait été la complicité des exigences de la vie dans cet excès, j'y vois surtout la conséquence d'une surabondance de sève, tant est invincible chez lui la tendance à créer, à réaliser sa fonction de mâle, à répandre sa sève, à s'accoupler à la phrase pour enfanter des formes belles. Il lui faut sans cesse se couvrir de frondaisons, donner des fleurs et des fruits, se prodiguer. Pourquoi le vouloir autre, puisque telle est sa nature ? Et si quelques herbes inférieures se glissent dans cette végétation luxuriante, le spectacle offert par cette incessante parturition n'en offre-t-il pas la compensation suffisante ? C'est le propre des esprits mé-

diocres, butés au détail, de se refuser à voir l'ensemble.

Camille Lemonnier suggère toujours quelque chose de véhément et de débordant, d'excessif et d'outrancier, comme la vie. C'est qu'il est naturellement, du fait de son tempérament et de sa race, un démesuré, en comprenant au sens latin cette qualité de la proportion et de la mesure dont toutes les choses fortes sont dépourvues, en première ligne la nature. A l'horreur que l'on devine chez lui de tout ce qui est sec, pondéré, d'une harmonie petite et factice, de tout ce qui se peut symboliser en l'art de notre dix-septième siècle, se révèle l'homme du Nord, l'instinctif panthéiste, le primitif qu'ont recréé les forces obscures de la race, le fils des barbares que ne put contaminer l'emprise romaine. Il a bien emprunté l'habit latin pour en vêtir ses conceptions, mais combien a-t-il dû le découdre et le retailler, l'élargir et le transformer, en bouleverser l'ordonnance, pour l'adapter à sa taille!

La part d'harmonie et d'equilibre qui est dans cette œuvre, c'est au génie latin qu'elle est due, par l'entremise des maîtres qu'il s'assimila. Il s'en déduit que son œuvre, en ses plus hautes parties, réalise une combinaison de son instinct septentrional et de son art à base latine. Rare et merveilleuse synthèse! Chaque fois que l'accord s'est realisé integral entre ces deux composantes de son art, un chef-d'œuvre est né. C'est l'union tant cherchée de l'esprit du Nord et de la forme du Midi qui en lui se réalise, lui constituant, aux côtés de son aïeul Rubens, en qui se manifesta le même splendide phénomène, une toute-puissante originalité.

Je dois dire un mot plus spécial de l'artiste de la forme, de l'ouvrier souverain qu'est Lemonnier. La langue est un élément prépondérant dans son œuvre. Sa forme, il se l'est créée de toute pièce, par un labeur immense qu'éclaira son sens d'artiste (1). *Il en a fait une matière vivante, un fleuve qui reflète toute la vie de ses bords, une évocation de forme et de couleur. Il a conçu la phrase en sculpteur et en peintre, avant tout anxieux d'en faire saillir le coloris et le relief. Il s'est composé une palette éblouissante, auprès de quoi se révèle douloureusement la pauvreté verbale d'écrivains très grands. Il a aimé les mots comme des êtres de chair. Mais ce par quoi surtout il s'atteste un suprême ouvrier, c'est la maîtrise avec laquelle il réalise ce principe d'art tout moderne de l'adaptation de la matière au but poursuivi, de la forme à la conception. Sa langue il la compose selon le caractère de l'œuvre, il la transpose suivant la nature et le rythme de son sujet. Elle se fait opulente, naïve, chaude, blanche, compliquée, simple, métallique, liquide, aérienne, sanguine, nerveuse, heurtée ou pacifique, comme la vie même qu'il cherche à traduire. Sa langue vit, elle est de la vie même Tel est l'art suprême de ce magicien, qui fait oublier jusqu'à l'extraordinaire puissance et au bonheur de son expression.*

En ce souci du vocable, il est allé jusqu'à l'excès, où l'art est dépassé. L'outrance de la recherche verbale, la poursuite du mot inaccoutumé, le besoin de l'épithète rare, l'exagération des formes pittoresques et fastueuses sont surtout visibles dans la première partie de son œuvre, qui parfois en demeure amoindrie. Si l'on se rend compte de l'état de la « littérature » belge au moment où il entreprit son effort, de la pauvreté et de la platitude de la langue écrite à ses débuts, on comprendra aisément que son tempérament excessif l'ait invinciblement porté à exagérer la violence de sa réaction. Il faudrait être doué de mauvais caractère pour lui imputer à crime cette exagération. Les circonstances en

(1) Je regrette de ne pouvoir transcrire ici une page où l'écrivain nous fait participer à la genèse de sa maîtrise verbale. (Préface au *Labeur de la Prose*, par Gustave Abel.)

furent cause, non lui. Il faut aussi remarquer comme, en ses œuvres culminantes, cette outrance s'atténue. Alors l'artiste domine l'ouvrier, et le souci verbal disparaît dans la parfaite unité du chef-d'œuvre. Ainsi Un Mâle *et* Courbet.

Ce qu'on oublie trop souvent de rappeler, c'est ce que la langue doit à l'écrivain qui, d'une tendresse si passionnée, l'aima et la viola. Lemonnier a enrichi et engraissé la langue française, dont le mérite intrinsèque ne consiste certes pas en opulence et en plasticité. Voilà du moins une reconnaissance qui lui est due. Parmi les mots de belle frappe et de saine vitalité qu'il créa pour les besoins de son art, mots forgés par analogie ou par euphonie, pour leur coloration ou leur relief, mots-images, mots évocateurs, parmi les vocables ingénieux qu'il monnaya et ceux auxquels il a donné des extensions et des sens nouveaux, il en est qui doivent rester et qui resteront. Et ceux qu'il fit entrer de force dans la langue littéraire sont innombrables. Toute la plèbe obscure des mots, relégués aux coins d'ombre, méconnus, méprisés comme indignes d'entrer dans les salons où fréquentent les mots admis, les grands mots aristocrates ou bourgeois, tous ceux qui vivent cachés d'une vie instinctive, informes, ou bégayés par d'ignares manants ou enfouis dans le puits des lexiques, mots bâtards, sans protecteurs, perdus dans le monde, noyés, oubliés ou suggérés à peine, nés du besoin, d'un instinct, mots qui sont comme les mauvaises herbes des langues, il les a recueillis et réchauffés, il les a fait entrer avec honneur dans le vaste jardin de son œuvre, assumant leur paternité, il leur a donné droit de cité comme à des pauvres honteux ou à des esclaves qui méritent de vivre au même titre que leurs frères orgueilleux.

Cette richesse du vocabulaire de Lemonnier, une voix autorisée l'a proclamée en des termes définitifs. Maurice Mæterlinck a écrit ceci : « Camille Lemonnier est peut-être, de tous les écrivains actuellement vivants, celui qui connait le mieux la valeur et la vertu secrète des mots innombrables comme les vagues de la mer. Il les possède tous, depuis ceux qu'emploient, dans l'existence quotidienne, le paysan, l ouvrier, la femme, l'enfant, le médecin, l'homme politique, jusqu'à ceux qui se cachent, comme des joyaux ignorés mais nécessaires, au fond de tous les arts, de tous les métiers, de toutes les sciences, de toute la vie enfin. Nul, en ce moment, je pense, n'a au même degré le don infaillible et suprême d'appeler les choses par leur nom... Il est au royaume du verbe, le berger qui mène le troupeau le plus vaste, le plus divers, le plus docile et le plus magnifique. »

Par cette métamorphose qu'il a fait subir à la langue, il prend place parmi les maîtres du verbe qui, de Gautier à Huysmans, s'efforcèrent de vaincre la rectitude un peu sèche de la forme française, en vue de créer un instrument nouveau, propre à redire l'immense variété des impressions de vie et de nature dont l'artiste d'aujourd'hui trouve en lui les correspondances.

Je suis reconnaissant a Camille Lemonnier de s'être fort peu soucié de philosophie. Les doctrines, les méthodes et les métaphysiques sont absentes de son œuvre. Il n'a été strictement qu'un artiste. Pourtant des intuitions, des conjectures, des presciences émanent de cette œuvre, nombreuses, significatives, claires, impérieuses. Retenu d'une part au sol par ses racines, il se manifeste en même temps un instinctif devineur d'avenir, une sensibilité orientée vers le futur. Il possède, si j'ose dire, l'infaillible flair des vérités prochaines. J'ai indiqué déjà quel sens profond se dégageait de la troisième partie de son œuvre, celle que domine l'idée de nature et d'une humanité se régénérant aux fontaines originelles de l'instinct. J'ai dit combien cette conception panthéiste du monde correspondait aux aspirations de la pensée nouvelle. C'est ici que nettement et magnifiquement se décèle l'artisan d'avenir. Le simple et strict artiste qu'il est s'y fait l'annonciateur des vérités que promulgueront bientôt les philosophes sociaux. Son instinct devance le travail des intelligences et s'associe au labeur des évolutions. L'Homme en Amour, Les Deux Consciences, *ce sont là des œuvres sur quoi se fonderont les morales nouvelles, les assises où les réformateurs de demain étayeront leurs définitives formules. Car ces œuvres de beauté sont également des œuvres de vérité. L'ardent visionnaire d'avenir qui est en lui déjà se décèle aux pages de la vingtième année, où il énonce des conceptions jeunes, révolutionnaires, orientées vers le renouveau. Je ne puis m'étendre sur les significations sociales qu'enferment* Happe-Chair *et* La Fin des Bourgeois, Le Vent dans les Moulins *et* Le Petit Homme de Dieu. *Elles achèvent de déterminer l'orientation de cet esprit qui, par ses romans gros de conjectures, d'aspects d'un monde renouvelé, apparaît comme l'un des phares de la jeune humanité.*

Il y a une évidente relation entre cette orientation franche et hardie de l'écrivain et la sourde hostilité de la Belgique envers lui. A considérer toutefois ce que Camille Lemonnier représente en son pays, ce déni de justice paraît inconcevable. Voyez plutôt. Il a récolté de la gloire pour sa patrie. Il est le père de toute une génération d'écrivains, travailleurs du champ que de sa rude main il défricha. Il fut l'éveilleur de toute une vie d'art et de modernité au pays belge. Il a glorifié sa terre en un livre admirable, répétant son adoration filiale dans tout le cours de son œuvre. Il s'est édifié une existence d'une dignité incomparable, tout entière vouée au labeur, simple et grande, sans orgueil, si ce n'est l'orgueil de sa probité d'artiste. Tout concourt à faire de lui une de ces individualités nationales en qui un peuple salue l'expression exaltée de lui-même...

Et pourtant il n'a récolté chez lui — en dehors du petit groupe des écrivains et des artistes — qu'ingratitude, rancune mesquine, ignorance farouche et méthodique, glaciale indifférence... Je ne puis, dis-je, m'expliquer cet ostracisme, quelque naturelle que soit la haine nourrie contre un esprit libre et fort par une plèbe de dirigeants dont le cerveau demeure emprisonné aux mesquines formules. Mais peut-être vaut-il mieux cette paradoxale ingratitude qu'une hypocrite et demi-reconnaissance, ou qu'un maladroit mécénisme. Cette abstention des officiels lui sied. Elle le complète et le couronne. Elle le sacre, lui aussi, un « ennemi du peuple ».

Chez nous son sort fut autre. Les plus authentiques génies ont salué sa jeune gloire. Sa place a été marquée parmi les maîtres. En dépit toutefois de cette officielle consécration, la généreuse France lui a chichement mesuré la gloire. Pourquoi ? Ici je me sens en mesure de donner une explication. Jamais l'écrivain né au delà des frontières ne sera jugé chez nous suivant une commune mesure avec celui qui est né en deçà. En France, il faut bien le dire, c'est une décisive infériorité d'être étranger. Et ce simple fait d'être un « étranger » — lui qui n'écrit que le français — a toujours empêché Lemonnier d'éprouver en France le jugement qu'il mérite, alors qu'il a honoré la langue française en l'associant à son art, alors qu'il l'a enrichie et renouvelée, alors qu'une reconnaissance nationale lui est due pour avoir élargi le champ d'action d'un parler et d'une littérature dont l'influence tendent chaque jour à se restreindre. Son succès parmi nous n'est qu'honorable, s'affirmant surtout parmi les lettres et la jeunesse. Il n'est pas éclatant, comme il devrait l'être. Le public proprement dit ne soupçonne pas sa valeur.

Telle est donc la double injustice qu'éprouve un tel homme. Pour moi, il est loin d'avoir conquis sa juste place au soleil *de l'art. Pour cela il faut attendre sans doute que le travail du temps s'accomplisse, du temps qui opérera le tri nécessaire dans son œuvre complexe et touffue, du temps où une prochaine littérature le désignera comme l'initiateur d'une vision nouvelle de nature et d'humanité. Cette place, on peut la situer déjà parmi les plus grands écrivains du dix-neuvième siècle de la lignée de Balzac et de Flaubert, aux côtés de Barbey d'Aurevilly, des Goncourt et de Zola.*

De cette impartiale et inévitable justice de l'avenir je salue l'augure dans les fêtes magnifiques qui ont, cette année, réuni autour de Camille Lemonnier la cohorte, limitée mais enthousiaste, de ses admirateurs. En ce jubilé, marquant la longue étape parcourue et devançant les jugements futurs, une lumière s'est faite autour de cette figure. Lorsque Camille Lemonnier est apparu, en cette inoubliable soirée du 8 mars, parmi les acclamations, la grandeur de l'homme qui, sans nul appui que sa foi et son instinct, sans hésitation et sans trêve, s'est élevé dans le désert de son pays, du travailleur acharné, au labeur immense, aux luttes incessantes avec la matière dont il sortit tant de fois victorieux, du pétrisseur d'humanité des mains duquel tout un monde est sorti, à cet instant lumineux se révéla dans l'unité fascinante de son œuvre et de sa vie.

Partant de là, on peut prévoir ce
qui sera l'art de demain à travers
la foi nouvelle qui transforme le culte
des choses de la nature, en renouvelant
la sensibilité humaine. Nous avons vu
les dieux changer de lieu, les [illegible] dis-
paraissant graduellement, laisser la place
à l'homme. C'est l'humanité qui entra
en scène avec le sentiment de la nature,
[illegible] des [illegible], avec les conceptions que les
[illegible] de l'art [illegible] qui les représentent de [illegible]
religions ne sont [illegible] que de l'essence dans
l'évolution générale du monde. L'idéal est
symbolique [illegible] des [illegible] humaines, des chants [illegible]
[illegible] les rapports, les lois d'harmonie
et d'unité qui [illegible] les êtres et les choses,
l'art sera la haute [illegible] morale où ses
efforts pour [illegible] les dieux que
nous sommes nous-mêmes

Camille Lemonnier

OPINIONS ET DOCUMENTS

De Léon Cladel

Comment nouâmes-nous amitié? Par hasard. En automne, un soir, il y a quelques années, au moment où je me disposais à gagner les hauteurs voisines de mon domicile, afin d'oublier, en présence du spectacle de la nature, les basses actions des hommes (on portait en triomphe, ce jour-là, le corps du pire des liberticides au Père-Lachaise), le facteur rural me remit en mains propres un tres bel in-octavo dont tel est le titre: *Courbet et ses œuvres*; et ce livre illustré d'aqua-tintes par MM. Collin, Desboutin, Courtry, Trimolet et Waltner, était signé: Camille Lemonnier. « Un flamand », murmurai-je avec cette aversion instinctive des races du Midi pour les froids septentrionaux, « oh! ma foi, plus tard; aujourd'hui, laissons cela ». Néanmoins j'emportai le tome et le lus à l'ombre des chênes... Bien m'en avait pris de ne pas jeter ce volume au tas, ainsi que les maréchaux des lettres y fourrent les essais de leurs obscurs sous-lieutenants, car je rentrai chez moi ravi, ne songeant plus à cette lugubre mascarade commencée, dans la journée, à Notre-Dame-de-Lorette, continuée sur les grands boulevards et terminée enfin au cimetière de l'Est. « Tenez, dis-je aux miens accourus à ma rencontre, voici quelqu'un ! » Et je leur montrai mon compagnon de route. « Apportez-le vite aux relieurs, ajoutai-je, et qu'on le vête d'une couverture

CAMILLE LEMONNIER, *buste par Jef. Lambeaux.*

fine et solide comme lui. » Puis j'adressai sur-le-champ à l'auteur un de ces billets sincères, sans rien de théâtral ni de convenu que se rappellent avec une égale émotion, au bout de vingt ans, et celui qui l'a envoyé et celui qui l'a reçu. La réponse du destinataire ne tarda pas à me parvenir. Un nouvel ami m'était né. Curieux de mieux nous connaître, nous correspondîmes pendant près d'un an, et bientôt il fut entre nous question d'une entrevue. Elle eut lieu vers les premiers de juin, aux alentours de la porte de Hal, à Bruxelles, en Brabant, d'où le conteur, à qui nous sommes redevables de ces *Charniers*, dont demeurera longtemps transi quiconque les aura parcourus, est originaire. Il suffit parfois d'un coup d'œil entre eux échangé pour que deux hommes étrangers jusque-là l'un à l'autre s'aiment ou se détestent. Or, si je ne parus pas être désagréable à qui m'accueillait à bras ouverts en son modeste paradis, où dans le giron de sa tendre compagne rutilaient les flamboyantes chevelures de deux petits anges féminins, s'il sied d'attribuer un sexe à ces créatures immaculées ! il est certain que lui me plut beaucoup. Imaginez le plus authentique des Wallons malgré sa structure germanique et son teint de Batave ; un magnifique poil-roux aux yeux smaragdins, haut en couleur et découplé comme le *Tombeau-des-Lutteurs* lui-même, mangeant, buvant, tapant comme un flamingant d'Audenarde ou d'Alost, avec des jovialités rabelaisiennes et des outrecuidances castillanes, mais souriant aussi comme un pur parisien...

(Préface pour la réédition des *Charniers*, Lemerre, 1881.)

De Albert Mockel

Au lieu de rester l'écrivain largement notoire et respecté qu'il est simplement, M. Lemonnier aurait connu sans doute une célébrité plus tumultueuse s'il n'avait eu un respect trop profond de son art. Il aurait dû refaire chaque année le même livre : il serait devenu ainsi le producteur régulier, le commerçant dont on cite l'enseigne, et qui livre « de confiance » une marchandise déjà éprouvée. Il a préféré montrer à la Beauté une figure d'honnête homme.

Pourtant ce préjugé a tant de force que des artistes eux-mêmes en ont pris texte pour des reproches, et que je suis parfois tenté de leur donner raison malgré ma raison. Ce n'est pas seulement la forme qui se modifie chez M. Lemonnier, mais naturellement aussi ce qu'elle contient. On ne peut le lui pardonner. La plupart des gens de lettres passent leur vie les yeux fixés sur un petit morceau de l'horizon. Ce morceau leur appartient ; il est leur « personnalité », car il ne faut pas songer à leur en trouver une ailleurs qu'en ce qu'ils voient. Je me sens leur semblable, et, comme eux, j'éprouve un certain déplaisir lorsque j'aperçois un être qui peut tourner la tête, contempler l'horizon presque en son entier, et nous dire ce qu'il en pense. Pour un peu je m'écrierais que cet être-là n'est personne, qu'il n'a point de *moi* capable de ressentir, puisqu'il néglige de s'attacher à chaque objet et va de l'un à l'autre, cherchant un spectacle plus grandiose. Et cependant les plus généreux esprits n'ont-ils pas eu cette inquiétude ? Le Shakespeare des tragédies n'est point celui des comédies ni celui des sonnets. Balzac est divers encore plus. Et Léonard de Vinci, de quelles railleries ne pourrait-on cribler ce théoricien d'art qui fut aussi un architecte, s'amusa d'être un maître en mathématiques, et fit plusieurs tableaux, et des écluses en outre... Pourtant la *Joconde* lui appartient.

« Bien peu comprennent que ce que l'on veut faire, après une chose, ce soit précisément une autre », dit avec justesse M. André Gide. Et avec quelle hauteur le proclame M. Lemonnier lui-même ! « J'ai fait de mon esprit, dit-il, une maison dont les fenêtres s'ouvrent sur des couchants de pourpres et de métaux, dont les fenêtres s'ouvrent aussi sur de mols clairs de lune. Et dites que je suis un prince sans territoires :

ceux que je convoite se reculent toujours plus loin devant mes pas. Je suis chez moi partout où s'éveille une sensation d'inconnu, partout où me réclame un peu de mystère. Nulle paternité ne me parle plus en mes livres une fois leur zone explorée.

« Le jour où, résigné à me confiner, maître d'un lopin, dans mon enclos, je ne regarderai plus vers l'horizon, là-bas, qu'on ferme sur moi ma bière : les vers, comme un fromage, auront mangé ma cervelle (1). »

(*Mercure de France*, mai 1897.)

Du Masque rouge

Le véritable Roi des Belges. On prétend même que l' « autre » roi l'admire en cachette, loin de ses ministres falots. Puissant et poilu comme un dieu, avec une encolure de taureau mythique. Le poil est roux et rousse est la chair, de cette rousseur d'orge mûre que recherchait Rubens et qui enthousiasmait Delacroix. Derrière le binocle au large ruban, s'ouvrent des yeux candides, clairs comme des yeux d'enfant. Mais ces yeux-là ont vu toute la vie avec ses horreurs et ses enchantements. L'ensemble est d'un athlète qui n'aurait point l'orgueil de sa force, et qui accomplirait des besognes d'Hercule, en se jouant. Appartient à cette lignée de créateurs énormes auxquels les Flandres durent tant de miracles d'art. Adorateur passionné de la couleur. Robuste et délicat tour à tour, ayant « l'animalité humaine » d'un Rodin et le sensualisme lumineux d'un Renoir. Travaille en pleine pâte, grassement. Peint avec la même probité les chairs en rut et les âmes en dérive. Aussi ses livres sont-ils

(1) *Dames de volupté*, Esthétique.

Camille Lemonnier (1888)

sains comme la nature même, et seuls des magistrats nauséabonds ont pu parfois y flairer l'ordure. Est un interprète grandiloquent du panthéisme des choses. « C'est un mâle, plus mâle encore que son Mâle », a dit de lui Barbey d'Aurevilly. A descendu tous les cercles de l'enfer humain. Tandis que s'organisait en Belgique le plus admirable des partis ouvriers, il démasquait le prêtre, disséquait le bourgeois, clouait au pilori l'exploiteur, offrant aux intelligences un peu indolentes de ses compatriotes l'exemple stimulant d'une inlassable action de pensée. Et c'est pourquoi tous ceux qui mènent le combat contre le Mensonge applaudissent aujourd'hui à la glorification de ce maître écrivain, de ce bon géant, grand entre les plus grands, et dont l'œuvre formidable, d'une variété sans égale, a été consacrée par la haine que lui vouèrent tous les esprits de réaction.

(Masques et Visages. *L'Action*, 7 avril 1903.)

De Emile Verhaeren

Quel qu'eût été le livre que le sort m'eût dévolu à préfacer, je vous eusse parlé, cher ami et maître, de notre rencontre déjà lointaine, où nous nous sommes donné pour la première fois la main — donnée pour ne la plus reprendre jamais.

Le prétexte de l'entrevue ? Mon livre *Les Flamandes* que je présentai à votre critique. Il fut jugé par vous balourd et violent. J'en conserve l'épreuve corrigée par votre expérience et à cette heure de bonnes pensées s'en allant vers vous, ces feuillets raturés sont là, devant mes yeux, sur la table, en ce lointain ermitage du « Caillou qui bique », où ma santé se raffermit et s'épure dans l'air vivace et la solitude féconde.

Comme elle était hospitalière, votre petite maison de la chaussée de Vleurgat, et comme elle sentait bon le travail votre chambre, où, parmi les journaux épars sur les fauteuils et les chaises, au milieu de vos livres tassés en ligne dans votre bibliothèque comme des rayons de pensées dans la ruche de votre cerveau, vous apparaissiez tel un fervent ouvrier d'art, appuyé à votre table sur vos deux poings comme sur deux blocs de force et travaillant avec ferveur, comme jadis on priait! Ah! que de fois la bonne chambre m'a abrité. Que d'heures fières et douces j'y ai passées! Nous nous sommes dit des paroles claires et inoubliables qui restent imprimées, pareilles à des scels écarlates, sur le solide parchemin de notre amitié.

Vingt ans de vie côte à côte, de coude à coude charmant, malgré les mille difficultés de l'irascible existence littéraire, où les passions s'exaltent et s'exacerbent, avec une soudaineté d'autant plus aigue que les manières de sentir sont plus fines et plus fiévreuses. Non, jamais je n'ai pensé devant vous une parole que je n'eusse osé dire, et la tendresse que je vous dédiai est demeurée intacte comme ces pierres brillantes et pures qui échappent aux morsures du temps.

Vous me fûtes indulgent toujours et ce me fût aisé de vous rester fidèle. L'irritante susceptibilité, dont les ronces atteignent, étouffent et souvent tuent les pousses des plus vigoureuses sympathies, n'égratigna point le bouquet touffu de notre accord. Il existe entre nous je ne sais quel lien fraternel et filial dont la trame est faite de respect et de bienveillance.

Le premier article qui m'imposa au public, c'est vous qui le publiâtes dans *L'Europe*; les premiers vers où je célébrais quelqu'un furent rimés en votre honneur, en cette belle fête de 1883, où toute la littérature jeune et hardie vous proclama le maître et le père. Nous sommes vraiment soudés l'un à l'autre par l'affection la plus tenace et la plus claire, et si la mort est telle qu'elle n'éteint pas toute la vie, certes pouvons-nous nous prévoir éternellement amis.

Au reste, si cet espoir de survivance n'est que leurre, nos livres, qui ne s'éteindront pas, témoigneront du moins par la flamme qu'ils projettent sur mainte dédicace que notre marche sur les routes du travail fut d'accord, et que nous nous sommes voués l'un à l'autre comme de francs et clairs compagnons.

(Dédicace au *Bestiaire*, l'un des cinquante volumes offerts à Camille Lemonnier le 8 mars 1903. *L'Idée Libre*, 15 mars 1903.)

De Georges Rency

Au physique, Camille Lemonnier est un beau mâle. Grand, solidement charpenté, les membres robustes, le port altier, la face ardente, c'est un superbe échantillon d'humanité. A cinquante ans passés, il garde la force et l'apparence de la jeunesse Ses cheveux d'un châtain presque roux ont conservé leur coloration vivace et chaude. Derrière les verres à peine teintés du lorgnon, ses yeux gris, tour à tour violents, passionnés, aigus et doux, jouent comme à vingt ans leur jeu mobile et vibrant. On y sent l'intelligence aussi nette, la sensibilité aussi aiguisée, le cœur aussi émotif, l'âme aussi profonde. Ce sont des flammes immuables dont la durée ne ternit pas l'éclat. Les traits du visage, bien musclés, ne sont ni empâtés, ni bouffis. Pas de rides. Une peau fraiche, l'enveloppe souple d'une chair puissante. Au-dessus des lèvres sanguines, d'un dessin correct et ferme, une moustache blonde, d'allure batailleuse, donne à l'ensemble de la physionomie quelque chose de militaire. L'aspect général, d'ailleurs, est agressif et hautain. Tête en avant, chevelure en broussaille, regards dardés, moustache au vent, cette face rutile comme un brasier. C'est ainsi que l'a vue Jef Lambeaux quand il a fait le buste du maître. C'est ainsi qu'elle apparaît aux étrangers, aux ennemis, à ceux qui ne possèdent pas le secret de détendre ces muscles bandés, d'adoucir

Camille Lemonnier (1896).

l'expression irritée de ce visage, d'amener sur ces lèvres sensuelles et fermées le sourire confiant de l'amitié. Sans rien prétendre préjuger de cette ressemblance, il évoque le souvenir d'Edmond de Goncourt. Même taille élevée, mêmes épaules de colosse, ces deux hommes illustres ont un air de famille évident. Et ce n'est pas un mince constraste que celui qui résulte d'une comparaison de leurs formes athlétiques avec les besognes minutieuses de leur art également subtil et délicat. Tous deux ont écrit une langue très savante, très travaillée, très éloignée de la langue simple du peuple et des artistes primitifs. Mais, tandis que Goncourt reniait son extérieur robuste jusque dans le choix morbide et mélancolique de ses sujets, Lemonnier, plus soucieux d'un juste équilibre, contrebalance la préciosité amenuisée de sa langue par la couleur, l'héroïsme, la vie tumultueuse de ses récits. Au cours de toute sa carrière, il est resté fidèle à sa nature exubérante et saine qui, n'était le costume, l'apparierait adéquatement aux personnages des tableaux flamands, de Teniers ou de Rubens. Il est resté l'homme farouche en qui revit toute une hérédité d'orgueil, d'instinct libre et franc, de sensualité, de bataille. Chacun de ses gestes, chacun de ses mots donne l'exacte sensation d'être un prolongement de l'activité motrice ou verbale de sa race. Il a des paysans dans sa famille. Lui-même, qu'est-il au fond? Un paysan, un terrien conscient.

Un terrien conscient : ces mots m'expliquent et son art et sa vie. Si le but de cette étude n'était d'étudier l'homme plutôt que l'artiste, ce serait ici l'endroit de montrer comment, pour voir la nature comme il l'a vue, il fallait qu'il fût avant tout, fondamentalement et héréditairement, un être des champs, un *vir rusticus*. Dans toute la littérature française, il est peut être celui qui a le mieux traduit le jeu variable des éléments. Tout ce qu'il y a d'allégresse religieuse dans la pluie qui tombe sur la campagne altérée, il l'a compris, il l'a su rendre. Par ses yeux regardent tous les yeux de ses ancêtres. Son âme n'est qu'un carrefour sonore où retentissent toutes les émotions de ses aïeux.

(Camille Lemonnier intime. *Revue de Belgique*, 15 février 1903.)

BIBLIOGRAPHIE

ÉDITIONS

Salon de Bruxelles, 1863. — In-12. Typographie de Ch. et A. Vanderauwera. Bruxelles, 1863. — **Salon de Bruxelles, 1866** — In-12. *En vente chez l'auteur*, chaussée d'Ixelles, 46, et chez tous les libraires. 1866, Brux., typ. de Ch. et A. Vanderauwera. — **Nos Flamands**. — Dentu, Paris; Rozez, Brux., 1869. — **Salon de Paris, 1870**. — In-18. Veuve A. Morel et Cie, Paris, 1870. — **Croquis d'automne**. — In-8. Paris-Brux., impr P.-J.-D de Somer, 1870. — **Paris-Berlin**. — In-8. Librairie Rozez. Brux., 1870 (*sans nom d'auteur*). — **Sedan (Les Charniers)**. — In-18 jésus C. Muquardt. Brux., sans date (1871). — **Histoires de gras et de maigres**. — In-18 jésus. Paris, Librairie de la Société des Gens de Lettres. Brux., Landsberger et Cie, 1874. — **Derrière le rideau** (Contes). — In-18 jésus. Casimir Pont, Paris, 1875. — **Contes flamands et wallons** (Scènes de la vie nationale). — In-18 jésus. Librairie de la Société des Gens de Lettres. Paris, 1875. — **G. Courbet et ses œuvres**. — Gustave Courbet et la tour de Peilz (lettre du docteur Paul Collin), avec un portrait et cinq eaux-fortes par P. Collin, Ch. Courtry, M. Desboutin, Trimolet et Walter. Gr. in-8, Lemerre. Paris, 1878. — **Bébés et joujoux** (Contes). — Pet in-8. — Petite bibliothèque blanche. J. Hetzel et Cie. Paris, sans date (1879). — **Un coin de village** (Roman). — In-18 jésus. Paris, Lemerre, 1879 (Dédicace à Léon Cladel). — **Un Mâle** (Roman). — In-18 jésus. Kistemæckers. Brux., 1881 (Dédicace à J. Barbey d'Aurevilly). — **Le Mort** (Roman). — (Portrait de Lemonnier par Lenain.) Edition de bibliophile. Pet. in-18 allongé Brux., 1882 (Dédicace à Edmond de Goncourt). — **Thérèse Monique** (Roman). — In-18 jésus Charpentier. Paris, 1882, (Dédicace à Alphonse Daudet). — **Les Petits Contes**. — Bibliothèque belge illustrée. In-8. Parent et Cie. Brux., 1882. — **Histoire de huit bêtes et d'une poupée**. — Contes couronnés par l'Académie de Belgique, pet. in-8. Petite bibliothèque blanche. J. Hetzel et Cie. Paris, sans date

(1884). — **Ni chair ni poisson.** — In-18. Brancart Brux., 1884. — **L'Hystérique** (Roman). — In-18 jésus Charpentier. Paris, 1885 (Dédicace à Edmond Picard). — **Happe-chair** (roman). — In-18 jésus. Ed. Monnier de Brunhoff et Cie. Paris, 1886 (Dédicace à Emile Zola). — **Histoire des beaux-arts en Belgique (1830-1887)**. — Peinture, sculpture, gravure et architecture. Deuxième édition complétée, avec une table alphabétique des artistes cités. In-8. P. Weissenbruch Brux., 1887. — **En Allemagne** (Sensation d'un passant). — In-18. Paris. Librairie illustrée, sans date (1888). — **Mme Lupar** (Roman bourgeois). — In-18 jésus. Charpentier. Paris, 1888. — **La Belgique**, (Ouvrage contenant 323 gravures sur bois et une carte). — Gr. in-4. Paris, Hachette et Cie, 1888. — **Les peintres de la vie.** — I. Courbet et son œuvre. II. Propos d'art. III. Alfred Stevens et les quatre saisons. IV. Mes Médailles. Les medailles d'en face. V. Salon de 1882. VI. Salon de 1884. VII. Adolphe Menzel. VIII. Félicien Rops. — In-18 jésus, Paris, Albert Savine, 1888. — **La comédie des jouets** (Contes) — Dessins de G Auriol, F. Bac, F. Fau. A. Gorguet et Steinlen. In-8. Alph. Piaget. Paris, 1888. — **Ceux de la Glèbe** (Contes). — In-18 jésus. Albert Savine. Paris, 1889. — **Le Possédé** (Etude passionnelle). Roman. — In-18 jésus. Charpentier. Paris, 1890. — **Un Mâle**. — Pièce en quatre actes. En collaboration avec Anatole Bahier et J. Dubois, In-12. Tresse et Stock. Paris, 1891. — **Les joujoux parlants** (Contes). — 31 illustrations par Motty, P. Destez, J. Geoffroy, X. Mellery, L. Becker, Semeghini, Stechi Petite bibliothèque blanche. J. Hetzel, Paris, sans date (1892) — **Dames de volupté** (Nouvelles). — In-18 jesus. Albert Savine. Paris, 1892. — **La fin des bourgeois** (Roman) — In-18 jésus. E. Dentu. Paris, 1892 — **Claudine Lamour** (Roman). — In-18. E. Dentu. Paris, 1893. - **Le Bestiaire** (Nouvelles). — In-18. Albert Savine. Paris, 1893. — **L'Arche** (Journal d'une maman). Roman. — In-18 jésus. E .Dentu. Paris, sans date (1894). — **L'ironique amour** (Nouvelles). — In-18. E. Dentu. Paris, sans date (1894). — **La faute de Mme Charvet** (Roman). — In-18 jésus. E. Dentu. Paris, sans date (1895). — **L'île vierge** (La Legende de Vie. I) — In-18 jésus. Illustrations de Cortazzo. Dentu. Paris, sans date (1897). — **L'aumône d'amour** (Nouvelles). — Illustrations de Marold et Mittis, Collection Guillaume, série « Lotus Bleu », Librairie Borel. Paris, 1897. — **L'homme en amour** (Roman). — In-18 jésus. P. Ollendorff. Paris, 1897. — **Une Femme** (Roman). — Illustrations de Bigot-Valentin. In-18. Ernest Flammarion. Paris, sans date (1898). — **La petite femme de la mer** (Nouvelles). — In-18 jésus. Paris. Société du *Mercure de France*, 1898. — **La vie secrète** (Nouvelles). — In-18 jésus. P. Ollendorff. Paris, 1898. — **Adam et Ève** (Roman). — In-18 jésus. P. Ollendorff. Paris, 1899. — **Théâtre.** — Le Mort. — Les Mains. — Les Yeux qui ont vu. — In-8°. P. Ollendorff, Paris 1899. — **Le bon amour** (Roman). — Illustrations de V. Mignot. In-18 allongé. P. Ollendorff. Paris, 1900. — **Au cœur frais de la Forêt** (Roman). — In-18 jésus. P. Ollendorff. Paris, 1900. — **C'était l'Été...** (Nouvelles). — In-18 jésus. P. Ollendorff. Paris, 1900. — **Le vent dans les moulins** (Roman). — In-18 jésus. P. Ollendorff. Paris, 1901. — **Le sang et les roses** (Roman). — In-18. P. Ollendorff. Paris, 1901. — **Les deux Consciences** (Roman). — In-18 jésus. P. Ollendorff. Paris, 1902. — **Poupées d'amour** (Nouvelles). — In-18 jésus. P. Ollendorff. Paris, 1903. — **Le Petit Homme de Dieu** (Roman). — In-18 jésus. P. Ollendorff. Paris, 1902. — **Comme va le Ruisseau** (Roman). — In-18 jésus. P. Ollendorff. Paris, 1903.

PRÉFACES. — Max Waller, *Salon de Bruxelles*, *La Vie bête*. — F. Gueymard, *Au Pays du kirschwasser*. — J. Chalon, *Naples*. — Greyson, *Teintes grises et claires*. — C. Gravière, *la Servante*. — François de Nion, *la Peur de la mort*. — Rachilde, *la Sanglante Ironie*. — Léon Cladel, *Héros et Pantins*. — A. Toisoul, *Image-Dieu*. — C. Moine, *l'Esprit belge*. — G. Abel, *le Labeur de la prose*, etc.

PÉRIODIQUES. — EN BELGIQUE : *L'Art universel* (fondé par C. Lemonnier, 1871-74). — *L'Actualité* (1876-79). — *Le Journal du dimanche* (1881-82). — *L'Europe*. — *L'Artiste*. — *L'Art moderne*. — *La Revue de Belgique*. — *La Société nouvelle*. — *La Réforme*. — *Durendal*. — *Le Progrès* — *L'Art jeune*.

EN FRANCE : *Le Bien public*. — *Le Musée des Deux-Mondes*. — *Le Figaro* (collaboration irrégulière) 8 déc. 1900 *Sensations d'un accusé* Publication en feuilleton de *l'Arche*. — **L'Echo de Paris** (1887). **Gil Blas** (1888-1893). Contes, un Salon, publication en feuilleton de *le Possède* et *Claudine Lamour*. 30 juin 1888 : *l'Enfant du Crapaud*. — (1903) Contes. — **Le Journal** (1897-1900). — **La Plume**. — **Gazette des Beaux-Arts**, mars 1876 : *Alfred Hubert* ; février et avril 1878 : *Alfred Stevens*, avril 1879 : *J.-B. Madou* ; sept. 1879 : *Hipp. Boulenger*, oct. 1880 : *Joseph Stevens* ; janvier 1881 : *l'Art belge à l'Exposition historique de Bruxelles* ; nov. 1885 : *les Beaux-Arts à l'Exposition d'Anvers*. — **La Chronique des Beaux Arts**. — **Voltaire** (1882), publication en feuilleton de *le Mort*. — *Le Magasin pittoresque*. — *Le Magazine international*, mai 1896 . fragment de *la Légende de Vie*. Janvier 1897 : *Constantin Meunier*. — **Mercure de**

France, fév. 1891 : *Une Préface* ; avril 1896 : fragment de *la Légende de Vie.* —**Art et Décoration** (1901), *Constantin Meunier.* — **La Revue indépendante.** — **Le Livre** (1890-1891). Articles sur les écrivains belges. — **La Grande Revue** (1901), publication de *les Deux Consciences.* — **La Revue de Paris** (1902), publication de *le Petit Homme de Dieu.* — **La Revue naturiste**, 15 nov. 1900 : *Notes de Carnet.* — **La Revue hebdomadaire** (1900), publication de *le Vent dans les Moulins.* — **Le Temps** (1903), publication de *Comme va le ruisseau.* — **La Revue encyclopédique Larousse**, 24 juillet 1896 : *la Belgique.*

DISCOURS PRONONCÉS : A l'inauguration de l'Université nouvelle (25 oct. 1894) (*Société nouvelle*, oct. 1895). — Au banquet Verhaeren (24 fév. 1896) (*l'Art jeune*, 15 mars 1896). — Au raout Constantin Meunier (avril 1896). — A la manifestation Edmond Picard (déc. 1901) (*l'Art moderne*, 22 déc. 1901). — Au banquet de Bruxelles (8 mars 1903) (*l'Art moderne*, 15 mars 1903). — Au banquet de Liège (28 mars 1903) (*Wallonia*, avril 1903). — Au banquet de la Maison du Peuple de Bruxelles (*le Peuple*, 16 mars 1903). — Au banquet de Paris (3 avril 1903) (*la Plume*, 15 avril 1903) (1).

ŒUVRES REPRESENTÉES. — *Un Mâle.* Bruxelles, Théâtre Royal du Parc, 4 mai 1888. Distribution : Cachaprès, Chelles ; Germaine, Mme Marguerite Rolland. — *Le Mort*, pantomime. Bruxelles, Alcazar, 20 avril 1894. Distribution : Bast, Paul Martinetti ; Balt, Alfred Martinetti ; Karina, Mme Clara Martinetti. — *Les Mains.* Bruxelles, Nouveau-Théâtre, 7 avril 1899. Distribution. Balt, Henry Krauss ; Bast, Tressy ; Tonia, Mme Bender. — *Les Yeux qui ont vu.* Bruxelles, Théâtre d'Art, 14 avril 1897. Distribution : Noé, Sermon ; Bruno, Masquier ; Kaspar, Staquet ; Nora, Mme Marie Denys.

A CONSULTER — Louis Delmer, *L'Art en Cour d'assises*, Etude sur l'œuvre littéraire et sociale de Camille Lemonnier. 1 vol. in-18. Paris, A. Savine. Bruxelles, Ch. Rozez. 1893 (Contient une lettre de C. L. au ministre de la justice au sujet des poursuites intentées contre *l'Homme qui tue les femmes*). — Edmond Picard, Syllabus des quatre conférences du théâtre du Parc, à Bruxelles (encarté dans *la Revue de Belgique*, 15 fév. 1903). — *Revue de Belgique*, 15 février 1903. Numero spécial

(1) Mentionnons pour mémoire quatre discours cités par M. Delmer : au banquet de la Jeune Belgique, aux funérailles de De Coster, des peintres Louis Dubois et Agneessens.

consacré à C. Lemonnier. — *L'Idée libre*, 15 mars 1903. Numéro spécial consacré à C. Lemonnier. — *Wallonia*, avril 1903. Numéro spécial consacré à C. Lemonnier. — *Le Thyrse*, 8 mars 1903. Numéro dédié à C. Lemonnier. — *Nouvelle Revue internationale*, 1er octobre 1897. Enquête sur C. Lemonnier. — *La Grande France*, mai 1903. Enquête sur C. Lemonnier. — MAURICE LE BLOND, *Un Apôtre du Panthéisme*. (*Revue Naturiste*, mai 1900). — LÉON BAZALGETTE, *le Retour à la nature* (*Revue franco-allemande*, 10 avril, 10 et 25 juin 1900). — A. MOCKEL, *Camille Lemonnier et la Belgique* (*Mercure de France*, avril-mai 1897). — SAINT-MICHEL, *le Boulevard à Bruxelles* (*Gil Blas*, 24 février 1903). — ANDRÉ RUYTERS, *Camille Lemonnier* (*l'Art moderne*, 8 mars 1903). — VALERE GILLE, *Camille Lemonnier* (*Le Soir* de Bruxelles, 7 mars 1903). — CAMILLE LE SENNE, *Camille Lemonnier* (*Le Siècle*, 3 avril 1903). — PAUL-LOUIS GARNIER, *les Forces de la Flandre* (*Ermitage*, sept. 1901). — BARBEY D'AUREVILLY, *Les critiques ou les juges jugés*. — *Gil Blas*, 23 nov. 1888 (supplément consacré au procès de *l'Enfant du Crapaud*).

ICONOGRAPHIE. — BERNIER, portrait à l'eau-forte. — CATTIER, buste. — CAZALS, croquis à la plume (*la Plume*). — EMILE CLAUS, portrait à l'huile, 1903 — DANSE, deux portraits à l'eau-forte, 1903. — FRANTZ GAILLIARD, portrait (*le Thyrse*, 1903). — JEF LAMBEAUX, buste. — LOUIS LE NAIN, portrait à l'eau-forte, publié dans *Le Mort*, Bruxelles, 1882. — F. MASSÉ, portrait à l'eau forte (album Mariani, 1897). — CONSTANTIN MEUNIER, buste et trois portraits. — GUSTAVE NARCISSE, photographie de Camille Lemonnier chez lui, 1903. — VAN RYSSELBERGHE, portrait a l'huile. — VERDYEN, portrait à l'huile. — VERHEYDEN, portrait à l'huile. — EUG. RAPP, portrait (supplément au *Gil Blas*, 23 nov. 1888).

TABLE DES MATIÈRES

TEXTE

ILLUSTRATIONS

6-11-03. — Tours, imprim. E. Arrault et Cie.

Imp C RENAUDIE, 56, rue de Seine, Paris

www.ingramcontent.com/pod-product-compliance
Ingram Content Group UK Ltd.
Pitfield, Milton Keynes, MK11 3LW, UK
UKHW020320220726
13923UKWH00003B/1265